第二十七回「伊豆文学賞」優秀作品集

目次

小説・随筆・紀行文部門

最優秀賞（小説）

破城《はじょう》の主人《あるじ》

寺田《てらだ》　勢司《せいじ》

砂でも噛んだような苦々しい顔付で、役宅に戻ってきた倉見金太夫庸貞《くらみきんだゆうやすさだ》は、腰のものを受け取ろうと控えていた下男に向かって、思わず舌を打ってしまった。

三和土に片膝を付いて顔を伏せ、両の手を頭上で掲げた男の姿は美事、堂に入ったものである。

しかし、そんな姿が逆に癪に障る。

舌打ちの大きさにびくりと肩を竦ませた下男は、慌てて手を引っ込めた。「気が回らぬか」と禿げ上がった鉢額《ばちびたい》を引っ叩いてやりたい衝動に駆られるが、叱りつけてはいけないと戒める。刀を押し頂き、草履を仕舞うことを何年も続けてきた男なのだ。主人《あるじ》の帰宅の折は、玄関に控えておらねばならぬ定めなのである。

とはいえ、金太夫はここ数日、外出の折に大刀をたばさんでいない。駕籠などは以ての外、供も一人だけと定め、他は屋敷に控えさせている。できるだけ大仰にならぬよう出仕する日々を強いられている。

そんな主人の姿をすっかり失念してしまうのか、それとも身体に染み込んだ所作ゆえに、身体が勝手にそうしてしまうのか、仔細は与り知るところではないが、少しは己の心中を推し量って欲しいものである。

上目遣いの下男の申し訳なさそうな視線に、遣り場のない思いに苛まれる。

直に、この男にも暇《いとま》を出さねばならない。

草履を脱ぎ、式台を跨いだ金太夫は下男に向かって、

「昼餉の支度を。その前にぬるめの白湯を頼む、喉が渇いた」

と言いつけて中の間へと向かった。

入室して間も無く、うっすらと湯気を立ち昇らせる湯呑みが運ばれてきた。土器然《かわらけぜん》としたよく手に馴染む、質素な湯呑みを手に取り、白湯を一気に飲み下す。

前代未聞の大事に立ち向かっている緊張からか、朝から喉は渇きっぱなしだ。人肌ほどに加減がなされた温湯《おんとう》は、五臓六腑に染み渡っていく。

一息吐いた頃合いで、二の丸曲輪《くるわ》の南東に配されている櫓《やぐら》から、昼八つを知らせる太鼓の音が錦秋《きんしゅう》の空に轟いた。

太鼓が鳴り終わると同時に、昼の膳が金太夫の膝前に据えられる。白米にお付け、領内で採れたかじめと揚げの煮付に香の物。

城代家老の膳としては実に質素なものである。

箸を湿らせて汁を啜れば、腹の底に落ちていった汁と入れ替わるように、丹田から込み上がってきた安堵の息が、鼻の穴から漏れ出ていく。口の中に残る出汁と味噌の香りが消え失せる前に、飯の碗を手に取って白飯を掻き込む。ようやっと人心地がついた気がした。身震いするほどに美味い。

好物である油揚げに箸の先を向けた刹那、庭に面した障子が滑った。廊下に控えているのはこの家の家士である。

「申し上げます。ご中老潮田由膳《うしおだゆぜん》様がお越しにございまする」

肩の力が抜け、首ががっくりとしな垂れる。ようやくありつけた昼飯である。ゆっくりと食わせてほしい。

「昼餉の最中だ。すぐに済ますゆえ、待たせておけ」

「それが、火急の用向きとのことにございます」

一度腹の底に納まったものが、口に戻ってきそうなほどの長大息が漏れる。

誰もが火急火急と判を押したように口にするが、この城下はすでに火の渦の中にいるのだ。もうなにを聞いても動じることはない。

止まっていた箸は黄金色の油揚げを摘み上げる。味の染み込んだ揚げを咀嚼しながら、通せ、とぶっきらぼうに申し付けた。

間髪入れず、入室してきた由膳。膝を正し一礼した。

「膳に向かう暇がなかったゆえ、許せ。して何用か」

由膳は廊下に控えている家士を一瞥する。

その視線の鋭さに、香の物に箸を伸ばしかけていた手が止まった。どうやらお家のことに関わる一大事のようだ。人払いをし、白飯を頬張りながら尋ねた。

「なにかあったか」

「畏れながら、お耳を拝借」

そう言って由膳は衣擢れの音と共に、金太夫の側ににじりよって、口元を隠して顔を近づけてきた。

かくかくしかじかと仔細を聞き終えた刹那、と胸を突かれた金太夫の口から、米粒が飛び散った。

まるで口から屁をこいたようである。

違うところに米粒が入って噎《む》せ返ってしまい、咳が止まらない。

ようやく落ち着き、方々に散った米粒を拾いながら問い返す。

「他言したか」

「いえ、ご存知のお方は各務《かがみ》様、それと門の番をしておる数名のみでございまする」

「一切他言は無用ぞ。門番にも口止めをせい」

そう厳命した金太夫は、肺の腑を絞り切るような溜息を吐いて、お付けを白飯にぶっかける。

折角の昼餉も台無しだ。

「これを食うたら向かう、供を頼む」

かちかちと箸の音を鳴らしながら、汁かけ飯を掻っ込んだのであった。


役宅を出た二人は早足で二の丸の通りを行く。

雁《かりがね》が北からやってきて、菊の花が咲く秋の蒼穹はどこまでも高く冴《さ》え冴《ざ》えとしている。陽光が照り映える塀の漆喰は、目を細めねばならぬほどに眩《まばゆ》い。葺いて日も浅い塀瓦《へいがわら》は、秋の陽光《ようこう》を受け、刀の地鉄《じがね》の如く鈍い光を放っている。こんな日は、城郭の東に配されている馬場で、無心で風を裂きたいものである。

本丸に入る冠木本門《かぶきほんもん》を潜って、玄関前門《げんかんまえもん》を潜る。

六尺棒を地べたに突き立てた門番は、神妙な面持ちで立礼をして二人を見送る。御殿を左手に、多門《たもん》を右手に見ながらずんずんと進むと、荘厳な三重櫓《さんじゅうやぐら》が見えてきた。

櫓の内に入るための厳重な大戸の前で、家老である各務久左衛門《かがみきゅうざえもん》が戸に顔を寄せている。聞き耳を立てているようだ。

櫓に向かってくる二人の姿に気が付いた久左衛門。戸から離れ、こちらに向かって一礼した。

城代家老の金太夫の次席にあたる久左衛門は、三つ年嵩の五十六歳。古くからお家に仕える古参の家臣で、武芸達者、漢学や算用にも長け、上からも下からも信頼の厚い偉丈夫《いじょうふ》である。

金太夫は先刻潜ってきた玄関門を振り返った。

六尺棒を手にした門番が慌てて首を回して背を向ける。

金太夫が目配せをすると、由膳は腰を落として駆けていき、玄関門の大戸を閉めさせた。

「あれは一人か。なんと申しておる」

声を忍ばせ問うた金太夫に、顔を寄せた久左衛門は、

「一人でございまする。閑談《かんだん》には興じまするが、踏み込んだ問いを投げるとご城代を呼んで頂きたいとの一点張り」

と扇子で口元を隠しながら答えた。山茶《さんちゃ》の花が落ちるかの如く、己の首は主人《あるじ》の頭を支えることを放棄してしまった。

こんなことをしでかす目的は、聞かずとも見当がついている。

「主意は申さぬのか」

久左衛門は敢えて首を左右に振っている。

容易に受け入れてはならぬ、と戒めているようにも思える。

金太夫は目を細めて三重櫓の上階を見上げた。戸という戸は全て閉め切っており、人の気配はない。

辺りを見渡す。

人っ子ひとり居ない本丸御殿は水を打ったかのように静まるかえっている。

気を取り直し、咳払いをして声を張った。

「四郎兵衛《しろべえ》。聞こえるか、四郎兵衛」

稍《やや》あって、

「その声はご城代。ご足労頂き、忝《かたじけ》のうございまする」

と戸越に返答があった。思い詰めたような声音には感じられず、語調は至って明るい。

戸に手を掛け引いてみたが、内側から心張りが掛けられているのであろう、戸の重さも相まってびくともしない。

「これはいけませぬぞご城代。手荒な真似はお控えくだされ」

これまた楽しげな声が櫓の中から返ってきた。

振り返れば久左衛門は、口を一文字に引き結び首肯している。

「四郎兵衛よ、念の為に尋ねる、本懐はなんだ」

問いかけに対し、豪快な笑い声が戸内に轟いた。

「ご家老然り、ご城代然り、愚なことをお尋ねなさる」

「こんなことをしてもどうにもならぬ。お家にとって不為《ふため》ぞ」

「またまた柔なことを仰せでございますなご城代。城主の留守を預かり、城を守護するのが城代のお役目。それを補佐するのがご家老でありご中老でございましょう。お歴々の皆様がお役目果たせぬならば、某が代わりに大殿様の留守をお預かり致しまする」

戸の前に立ち尽くした三人は、互いを見合う。

「我らが役目を果たしておらぬと申すか」

「胸に手を当て己に問いかけてみて下され。大公儀《おおこうぎ》の御沙汰とはいえ、承伏しかねるならば、突っ撥ねてしまえば宜しいかと存じまする。皆々様はそれでよろしいのでござるか」

胸に釘を打たれた。三人は押し黙ってしまう。

「倉見様、いかがなされますか。ご上使にお伝えしますか」

声を押し殺した由膳の問いに、金太夫は首を振る。

「こんなことが知れればお家の一大事ぞ。なんとしても穏便に、かつ早急に始末せねばならん」

「聞こえておりますぞご城代。某も斯様なことはしとうございませんでしたが、否応がな耳に入ってくるお歴々の腑抜けた対応に業を煮やし、決行致したまでで、皆様がその気になれば喜んで……」

久左衛門が一歩前に進み出る。

「腑抜けた対応とは聞き捨てならぬぞ四郎兵衛。大殿様は下屋敷にお移りあそばし、神妙になされておられる。我らも思うところはあるが、大殿様が恨みを呑んで忍んでおられる以上、家臣も歯を食いしばり耐え忍ぶのが筋であろうぞ」

地響きのような四郎兵衛の唸り声が戸の裏で響く。

「仰せご尤も。それも道理でございましょうが、大殿様の心中をお察しし、しがらみの多い大殿様のために先んじて露を払うのも臣下の務めであり、道理かと存じまする。きっと我らの決起を耳にすれば、大殿様も立ち上がってくれましょう」

やはりどこか楽しそうな声音だ。まるで鞠が弾んでいるような語勢であり、聞き様によっては人を食ったようにも感じられる。

憤怒を露わにし、言い返そうとする久左衛門を制した金太夫は戸に向かって問いを投げた。

「四郎兵衛、こんなこと、長くは続かんのは目に見えておる。第一兵糧はいかがするか」

「心配には及びませぬぞご城代。兵糧なら糒《ほしい》に塩、干物など一人では食い切れぬほどございまする」

櫓の中に四郎兵衛の笑い声がこだましている。

そうか、櫓か、との呟きが口の端から漏れる。

「某の願いはただ一つ。大殿様にご領地、否、この城にお入り頂き、事に当たって頂きたい。それだけでござる」

四郎兵衛の言葉に三人は言葉に詰まってしまった。

「その願いが叶わぬ暁にはいかが致すか、四郎兵衛」

「我が願いがしかと聞き届けられるまで、立て籠もる所存にございまする」

久左衛門は進み出て声を張る。

「駄々を捏ねるな、多勢に無勢ぞ四郎兵衛。手荒な真似はしとうないが、そこもとが臍を固めるならば大勢で乗り込むより他ない。大殿様の意に反した謀反の罪で、厳科は免れんぞ」

「大殿の意と仰せにございますがご家老様。今この城下に居る誰もが大殿様の思し召しを直《じか》にお聞きしておらぬではありませぬか。なにを以《もっ》て、大殿様の意と仰せでございますか。大殿様にも本音と建前がございましょう」

屁理屈を抜かすな、と声を荒げた久左衛門は引き手に手を掛けて戸をがたがたと揺らした。

「お止めくだされ各務様。某の背後には煙硝樽《えんしょうだる》が山のように積まれておりまする。すぐにでも火をかけられるよう支度は整っておりますゆえ、多勢で乗り込んでこられた暁には、死なば諸共、領民が見たこともないような和火《わび》を披露して進ぜましょう」

だはははは、と曲輪に轟くような四郎兵衛の笑い声に、三人はただただ呆然と立ち尽くし、途方に暮れたのであった。


「我らが入国した翌日から、城内見廻りに出ておったもの達は、異変に気が付かなんだのか。手抜かりであるぞ」

尊大な態度で、声高く問い質す幕府上使大久保忠兵衛《おおくぼちゅうべえ》を前に、金太夫と久左衛門は顎を引いて互いを見合うしかない。

「これはただちに報せを送らねばなりますまい」

忠兵衛の横に座し、厳《いかめ》しい相好で二人を睨め付けているこれまた幕府上使井上平兵衛《いのうえへいべえ》の脅しとも取れる言葉に金太夫は膝を進める。

「暫し猶予を。必ずや穏便に済ませますゆえ、どうかご内密に」

二人は揃って低頭する。

庭のどこからか、歯切れの良いかわせみの地鳴きが響いた。

時は天明七年、霜降《そうこう》を迎えた十一月の朔日《さくじつ》。

遠江《とおとうみ》は相良《さがら》の領内、相良四町の新町《しんまち》に居を構える、豪商西尾太郎兵衛《にしおたろべえ》宅を本陣としている幕使に対し、金太夫は前日に発覚した事実を注進した。

当然の如く、幕使たちは血相を変えて、相対する相良藩重臣の二人を詰問することとなった。

「もしやその仁の企てを承知の上で、敢えて見逃したのではあるまいな。そうなれば兵端《へいたん》を開こうとする動き有之《これあり》と、早馬《はやうま》を差し向けねばなるまい」

幕使が疑うのも無理もない。己が逆の立場なら真っ先に江戸に急使を送るはずだ。

「滅相もないこと。主君の命により家中諸共、神妙にご沙汰に従う所存でござる。どうかお頼み申す。今暫く、刻《とき》をくだされ」

幕使の言葉に金太夫は、平に懇願するほか術がない。

腹を折り曲げ、額を畳に擦り付けるかの如く低頭した。

この日から遡ること大凡一年前の天明六年八月の末。

十代将軍徳川家治《いえはる》公の逝去を皮切りに、権勢に比肩するものがなかった金太夫の主君田沼主殿頭意次《たぬまとのものかみおきつぐ》は、老中職を罷免された。

秋となり、預かっていた五万七千石の所領のうち、二万石と大坂蔵屋敷、そして神田橋の上屋敷を没収され、中屋敷へと転居を余儀なくされた。

そしてこの日からひと月前の十月二日、残る三万七千石のうち二万七千石が除封《じょふう》、相良の領地と居城の没収、意次は日本橋は神田蠣殻町《かんだかきがらちょう》の下屋敷に蟄居を申し付けられた。近年稀に見ぬ厳しい処分であり、徹底的な粛清でもあった。

家中上下に激震が走ったその十日後、金太夫が相対する幕府上使二名が、相良領内取り締まりのために入国。西尾宅を本陣とし、同晩、諸士に裃を着けて登城させ、ご上意を下達《かたつ》したのである。

先んじて藩邸から早打ちで差し向けられた書状には、兵権をかざすなど以《もっ》ての外、ご上意を慎んで受け入れ、幕使に対しては礼を厚くし、他意なきことを示せ、と記されていた。

金太夫は早速、相良城二の丸曲輪内に住まう諸士に対し、分宿の支度を指示。城下の家士達にも宿所を割り当てて役宅を明け渡すように申し付けた。

また家中には不要な外出を禁じ、出仕、または外出の際には脱刀《だっとう》するよう言い付けた。帯刀を禁じたのはあくまで他意なきことを示すためであり、不測の事態を防ぐためでもある。

ここ数日、金太夫が無腰で過ごしているのもこのためだ。

金太夫は城地明け渡しの諸手続きや折衝、諸士の分宿先の手配や町の様子の報告のために、幕使の応対を続ける日々を過ごしており、そんな最中に事件は起きたのである。

長大息した幕使忠兵衛は扇子で掌を打ちながら、

「して倉見殿。その立て籠った男の素性を今一度説明されたし」

と申し付けた。苛立っているのがよくわかる態度である。

金太夫は空咳を挟み、四郎兵衛の来し方を話し始めた。

三好四郎兵衛方庸《みよししろべえまさつね》は相良生まれ相良育ちの廻船問屋の四男坊である。裕福な家柄で不自由のない幼少期を過ごし、習字に謡曲《ようきょく》、算盤と町人としての素養を身につけ、身を立てるための足掛かりを求め、江戸へと繰り出した。

辺境の相良では中々お目にかかれぬ芸事に興味を示し、能役者を志して宝生流十二世、宝生九郎友通《ほうしょうくろうともみち》に師事。数年出精するも上達が見込めずに役者になる夢に見切りをつけた。

夢破れて国許に帰ることも考えていた矢先、宝生家が神田旅籠町《かんだはたごちょう》に門を構えていたことが縁となって、昇進に次ぐ昇進により、家臣を募っていた田沼家に仕官する運びとなった。

能筆の才に恵まれていた四郎兵衛は、その腕前を買われ、右筆《ゆうひつ》として召し出されることとなる。人並み外れた教養を兼ね備えていた意次の覚え目出たく、田沼家の家臣として健筆を振るっていた。

「能を嗜み、手達者《てだっしゃ》とな。左様な文官がなにゆえ此度のような不埒を働いたのか」

「そうだ、荒々しいことに縁なき仁が、なにゆえ斯様な大事を企てたのか。どうにも結び付かぬ」

二人は矢継ぎ早に金太夫を問い質す。

心当たりはある。いわばその心当たりこそが、此度の仕儀の原因であることに間違いはない。

この日から二十年前の明和四年。

精励恪勤《せいれいかっきん》が認められ、九代将軍家重《いえしげ》公、十代将軍家治《いえはる》公の眷顧《けんこ》を受け、加増に次ぐ加増で知行高二万石の大名に列した意次は、将軍の側に仕える側用人《そばようにん》に昇進。領地である相良に築城を許された。

天下泰平となって久しい明和《めいわ》の御代にあって、新たな城を築くなど日の本広しといえど前例がない。また大公儀から諸家に至るまで揃いも揃って内証《ないしょう》は火の車であり、田沼家も金が唸っている訳ではない。時の勢いに任せる訳にもいかず、慎重にならざるを得なかった。

家中で測量や普請に心得のあるものが選抜されて築城の任にあたることとなったが、その大任に臨む一員に、右筆として奉公していた四郎兵衛の名があった。土地に明るく顔が利くとの理由で郡代家老に抜擢され、普請の陣頭指揮を執ることになったのである。

仕官して日も浅い、三十三歳の物書き風情が郡代家老になるなど前代未聞、と家中でも反対意見が多くあったが、家柄や年齢などに囚われず、能力のあるものを登用することを心情としていた意次は、「城普請自体が前代未聞、誰がやっても暗中模索となるは必定。城を築くとなれば領民にも多大な負担をかけることになるがゆえ、土地に馴染みのあるものが適任である」と四郎兵衛の郡代就任にお墨付きを与えたのである。

「なんとも貴家らしいの」

忠兵衛の意を含んだ言葉に金太夫は恨みを呑み込む。

横に座している久左衛門を一瞥すれば、こめかみに青筋が立っているのが見てとれた。

忠兵衛の言葉が、大殿様の父君である意行《もとゆき》公から続いた出世を揶揄しているのか、それとも常時人材が不足していた家中のことを嘲っているのか判別し難い。しかしどちらにしてもお家に対する侮辱の意を含んでいることに変わりはなく、怒りに震える膝上の拳に力を込めて心を押し均《なら》した。

意次の父意行《もとゆき》は、紀州《きしゅう》藩主吉宗《よしむね》公の太刀持ちとして召し出され、奥小姓として君側に仕えていた。蔵米三百俵取りの微禄の身、主君の洟《はな》も引掛けない身分にあったが、忠義が認められ、八代将軍となった吉宗公の御家人に昇進し、従五位下主殿頭《じゅごいげとのものかみ》に叙任されるまでに至ったのである。

　家督を継いだ意次は破竹の勢いで幕閣要路への階梯《かいてい》を駆け上がり、老中にまで登り詰めた。代々の家督を守り続けてきた忠兵衛や平兵衛のような旗本からすれば、その出世ぶりが成り上がりとして映るのは無理もない。

　羨望と嫉妬の目を向けられることが常だった意次は、「あくまでも親子二代に亘るお上へのご奉公の賜物であり、出世は後からついてきたものである」と家臣達に言い聞かせてきた。

　主人の口から発せられる忠義一筋《ちゅうぎひとすじ》という言葉は、我ら家臣の胸に刻まれている。四郎兵衛の出世と殿の出世を重ね合わせ、あたかも出世しやすい家風であるかのように言われるのは慮外千万《りょがいせんばん》だ。

「廻船問屋の四男坊が家老とな。まっこと夢があるのう」

　幕使の嫌味ったらしい口ぶりに怒りが込み上げてくる。

　歴代将軍からの愛顧《あいこ》を受け、急激に御家が大きくなっていった田沼家の眷族《けんぞく》に、名門の出のものは居ない。

　累代の家臣の中にも有力者や名家の出身者は見当たらず、寄せ集めの家臣団と言われても仕方がないし、そもそも累代の家臣というのも指折り数えるほどしか居ない。それほどにお家の歴史は浅い。横に座している久左衛門は旗本の三男坊であり、江戸家老も浪人の出。当の四郎兵衛は廻船問屋だ。急拵えの家臣団であることは否めない。

　しかしそれがゆえに出自などに囚われず、他家では絶対に目の当たりにすることのできない任免と、自由闊達な家風をもってして、五万七千石のお家を切り盛りしてきたわけである。

慶長元和《けいちょうげんな》の御代にどこに居たかという事実だけで、増える見込みのない家禄を守り続けるだけの旗本らとは訳が違う。我らは打刀《うちがたな》の鋼《はがね》の如く、鍛え上げられた主人自慢の業物《わざもの》なのである。

「左様卑賤の男が仕切った普請ゆえに、刻《とき》を要したのであろうし、呆気なく乗っ取られるほどの粗末な城となったのではなかろうか。そもそも城というのは武家のものであり、武家が威を以って築かねばならぬものだ」

と得意げに忠兵衛は言う。

うぬになにがわかる、との言葉を既の所で飲み下す。

与えられた役宅に住まう旗本風情が、城を築く苦労など一生涯知る由もなかろうに、と怒鳴りつけてやりたい。

「異なことを仰せ、それはまったくの見当違いでござる」

金太夫は忠兵衛の言葉を強い口調で撥ね付けた。

相良城築城には、十二年の刻《とき》を要している。

縄始《なわはじ》めが明和の五年、本丸御殿の棟上《むねあ》げが終わったのは安永の九年。この間に領内はもとより、江戸でも数々の災害に見舞われた。

明和から安永へと改元がなされた頃、領地では大雨による相良川《さがらがわ》の氾濫や城下の相次ぐ火災、一方江戸では明和九年の目黒行人坂《めぐろぎょうにんざか》の大火で藩邸が焼失、日の本各地が厄災に見舞われた。

大きな災害に直面するたび、城の普請が後回しにされ、領民の救済や江戸藩邸の復興に御家の蓄えが回された。城普請に刻を要したのはなにも、差配したもの達の不手際ではない。指摘は領地運営を知らぬものの当てずっぽうに過ぎないのだ。

手近にあった冊子を手に取った平兵衛は、指を舐め一葉一葉紙を捲りながら黒目を忙しく動かしている。

膝上にあるのは先日提出した田沼家の分限帳だ。

「とにかく倉見殿、その廻船問屋の倅は今、貴家ではどのような立場か。未だ郡代かそれとも右筆に戻ったのか、はたまた中老格にでも昇進したか。お家に仕えるものならばやはり看過できぬ。主人の意に従い、神妙に致すのが家臣の務めであろう」

荒々しく帳面を捲る平兵衛の手を止めるべく、金太夫は空咳を部屋に響かせた。

「その帳面に四郎兵衛の名はござらぬ」

その言葉に平兵衛は目を丸くして顔を上げた。

安永九年、数多の苦難を乗り越え、相良城が無事落成と相成って、城主である意次が入城を果たした。

相良の領地を賜って以来二度目の入国、僅か十日ばかりの短い逗留であった。城郭や相良四町はもとより、領内の主だった集落などを視察、土地の豪商や庄屋たちと挨拶を交わし、巡察中は農作業に勤しむ百姓や湊で汗を流す漁夫たちにも意次は気軽に声をかけた。

城下を脅かした災害のたびに、手厚い救恤《きゅうじゅつ》を施し、江戸から見舞金を送ったり、城普請の再開を強要することがなかった田沼家の姿勢は予々《かねがね》好評であったが、身分問わず声をかける領主の気さくな姿勢は、領民達の好意を盤石なものにした。殿様入国は大いに歓迎されたのであった。

そんな主君の入城を、四郎兵衛は万感の思いで見届けた。

江戸で夢に敗れるも武家となり、領主に任命された郡代家老として帰国。故郷に錦を飾った。

相良城築城を一世一代の大仕事と決めて身を粉にして働き、お役目を全うした。

四十六歳となっていた四郎兵衛は、できることはやり切ったとの思いに至り、藩庁に隠居願いを提出。家督を息子義藤太《ぎとうた》に譲った。四郎兵衛の後任として、金太夫が城代家老に昇進して、相良に赴任した訳である。

「すると立て篭もっておるのは致仕《ちし》した隠居ということか」

「そのようなものに本丸の櫓を乗っ取られるなど恥の極み」

「我らが到着してから本丸への出入りは禁じておったはずであろう。門番が出入りを許したということか」

「ならばその門番は役目不精《やくめぶしょう》か、わざと入門を許した罪で断罪に処さねばならぬ」

矢継ぎ早に捲し立てる二人に対し金太夫は、手を掲げた。

「門番は天地神明に誓って、誰も通しておらぬと申しております」

「ではどうして本丸に入れたのか」

それは、と呟いた久左衛門は、幕使の膝前に城の絵図を開いた。

相良城は本丸御殿を囲むように、南西に二の丸、三の丸、西に荒神曲輪《こうじんくるわ》を配した悌郭式《ていかくしき》とし、北側は相良川本流の流れをそのまま利用した外堀に、堤防の如く帯曲輪《おびくるわ》を造成している。城郭の四方を堀で囲んだ輪郭式《りんかくしき》の造りとなっており、領民たちからは海に浮かぶ城のように見えることから、竜宮城《りゅうぐうじょう》の愛称で親しまれている。

縄張りから城郭の形成、外堀としている相良川や天《てん》の川《かわ》の川普請、そして諸士の住まう屋敷の作事や普請に関わる人夫の手配に費えの試算、諸職の調整など、城普請の全てに四郎兵衛は関わってきた。いわばこの城は四郎兵衛が建てたに等しく、築城の経緯、配置に構造と、城の全てを知り尽くしているのである。

金太夫ら重臣が駆け付けて戸越に尋問した際、城郭北側の相良川から船を使って帯曲輪《おびくるわ》に入り、本丸の敷地を抜け、曲輪の端にある三重櫓に忍び込んだ、と侵入の手口を呆気なく答えた。城を知り尽くした四郎兵衛にとって造作もないことであった。

幕使から指示された城内見回りは朝五つから夕七つまで。夜警も町方を主としており、開城と相成った人影の無い本丸は、どうしても警備に隙が生まれる。四郎兵衛はその隙を突いたのである。

「船とな。ならばそやつに船を貸したものがおるということになろう。合力《ごうりき》したものを捜し出して今すぐ縄にかけよ」

幕使忠兵衛は声を荒げる。

久左衛門は首を左右に振って続けた。

隠居の許可が下りた四郎兵衛は、武家の隠居として花鳥風月を友とした脱俗生活を送るつもりは毛頭なく、実家の廻船問屋を手伝うと、意次や同輩たちに宣言していた。町人に戻ったのである。四郎兵衛を下野に掻き立てたのは、五万七千石の御家を切り盛りしていく上で、廻船業が重要な役割を担うことを身を以て知ったからである。

領地の年貢米や遠州の茶、領内女神村《めかみむら》の帝釈山《たいしゃくざん》で採掘される石灰などの名産品を、大坂屋敷や江戸藩邸に送る廻船業は、家中の内証を潤している。こと相良産の石灰は格別品質が良く、他所の産地から、相良産の石灰の津出《つだし》を禁止してくれと、公事《くじ》にまで発展するほど良質なものだ。

船は領地と江戸、そして大坂とを結び、不作や災害などの危機を乗り越えるためだけでなく、お家の懐を支える原動力となっている。領地が災害や不作に見舞われれば、江戸や大坂から金や米を送る。その逆も然りで、江戸が火急入用となった場合、領地から年貢米や蓄えた金を送る。この方法で幾度となくお家は急場を乗り越えてきたのだ。

郡代家老として、築城差配と領地の運営を切り盛りしていた四郎兵衛は、度重なった非常事態の対応に追われる度に、廻船業の重要性を痛感していた。城普請という役目を無事全うした暁には、家業の廻船問屋を手伝い、お家の内証を船主として支えていこうと決意したのである。

「ということは立て籠もっておるのは船屋の亭主」

「自前の船で外堀から中に入ったということか」

左様、と答えた金太夫は続ける。

「相良城は紛れもなく我が主人、主殿頭様の居城でござるが、大公儀で老中職を拝命し、ご用繁多な日々をお過ごし遊ばしておったがゆえに、城には二度しかお出《いで》になられておらぬ。かたや四郎兵衛は差配に十二年、隠居しておおよそ八年を領地で過ごしておるがゆえ、城内のことで知らぬことはなく、城下に至っては庭の如く隅々まで掌握しております」

金太夫はすらすらと口を回してしまったことを悔いた。誇らしげに話していると思われても仕方ないほどに流暢であった。

しかし己で口にしてみても、なんと頼もしい男だ、と感心してしまう。奴こそ城代にふさわしい男なのだと言わざるを得ない。

「しかし城下を知るものといえど衆寡《しゅうか》敵《てき》せずであろう。家中総出で取り囲めば臆するであろうし、乗り込んでしまえば船屋の老ぼれなど容易く取り押さえることができよう」

忠兵衛の言葉に平兵衛は深く首肯する。

その通りだ。

己も昨日まではそう思っていた。しかし事態はのっぴきならない事態に至っている。その証拠となる冊子を久左衛門は二人の前に差し出した。

「こちら、櫓に蔵しておる蔵物《ぞうもつ》の帳面でござる」

差し出した久左衛門の強張った表情と膝前に、交互に視線を送りながら平兵衛は、冊子を手に取って指を舐《ねぶ》った。

「糒俵《ほしい》二十、荒和目《あらめ》樽十、塩樽五、足軽具足《あしがるぐそく》五十、長柄《ながえ》五十、弓三十、弓矢二百、鉄砲五十、大筒《おおづつ》五門」

読み上げた平兵衛は顔を上げる。

櫓は古《いにしえ》の昔より、矢《や》の倉《くら》と書いたり矢《や》の座《くら》と書いて覚えられてきた。籠城戦となった場合、物見と侵入者への攻撃、そして倉庫の役割を果たす。ゆえに武具や兵糧を備蓄するのが定石。

「籠城するに十分な品が揃っておると申したいのか」

「否、お手元の帳簿、続きを」

手元に視線を戻した平兵衛は、黒目を忙しく上下したが、ぴたりとその動きを止めると、こぼれ落ちんばかりに目をひん剥いた。

「煙硝樽五、煙硝木箱《きばこ》十——」

「玉薬《たまぐすり》の樽や木箱が多数、蔵されており、四郎兵衛はこれに火をかけると申しておりまする」

幕使二人は口をあんぐりとさせて動かなくなってしまった。

火薬に火をかけますぞ、と楽しげに口にした四郎兵衛は、蔵されていた弓矢の先を全てへし折り、鏃《やじり》を煙硝樽の中に放り込んだと嬉しそうに語った。そして長柄の穂《は》も取り除いて樽の周りに綺麗に並べたと自慢気に言い放った。

「火をかければ櫓は木っ端微塵に吹き飛び、大きな和火とともに、鏃や長柄の穂が、曲輪や城下にまで雨の如く降り注ぎますぞ」

と声高に言って大笑いを轟かせたのである。

「気が触れておる。狂っておるぞ」

金太夫と久左衛門は神妙な面持ちとなって居住まいを正した。

「四郎兵衛の本懐はただ一つ、我が主人のご入城でござる。殿入城の暁には、神妙に櫓を明け渡すと申しておりまする」

互いの顔を見合った四人が対座する座敷に、沈黙と緊張が瞬時に張り詰めたのであった。


「四郎兵衛よ、先方は神妙に櫓を開け渡せば、穏便に済ますと仰せだ。どうだ、心変わらぬか」

「心は変わりませせぬぞご城代。穏便にと仰せでござるが、見くびって貰っては困りまする。某の意思は固い」

問いかけに応答した四郎兵衛は、言葉をぶつ切りにして黙ってしまった。

稍あって、戸の隙間から香ばしい匂いが漏れてきて、金太夫の鼻腔を刺激する。緊迫した状況とは裏腹に、美味そうな匂いが戸に顔を寄せる金太夫に纏わりつく。

「なにか焼いておるか四郎兵衛」

「これはこれはご無礼仕りました。誘惑に負け、蔵物の鯵《あじ》の干物を数尾頂戴致しました。よう干し上がっておって固うございますぞ。まるで某の意思の如く」

豪快な笑い声が辺りに響く。

火薬樽の側で七輪を用いて乾物を焼くなど、幕使の言う通り気が狂っておるのかも知れない。それにつけてもなんと呑気な男であるか。呆れると同時に強い怒りが込み上げてくる。そこものためにどれだけの人間が骨を折っておると思うておるのか、人を虚仮《こけ》にする振る舞いも大概にせい、と怒鳴りつけてやりたい。

「相良の鯵は美味い。こんな上等なものを兵糧として、城を枕に死ねるのなら、戦《いくさ》も悪うございませんぞご城代。相良の侍はしあわせでござる、漁師に感謝せねばなりませんな」

よくよく耳を澄ませば、ちりちりと干物が焼ける音がしている。まるでこの状況を楽しんでいるようだ。

金太夫はちらと背後を振り返る。

後ろには物頭とその配下の組頭、そして足軽二十名ほどが息を殺して合図を待っている。

事件を注進したその日、方法は問わぬゆえ速やかに、そして穏便に此度のことを片付けられよ、と幕使達に命じられた。

開城の沙汰が下ったとはいえ、正式に収城を終えていない相良城は依然として田沼家のものであり、幕使といえど、無闇矢鱈に踏み込むことは憚られる。

金太夫はお家が責任を持って解決すると約定を交わし、幕使両名と随伴の使には宿所《しゅくしょ》に控えていて欲しいと頼み込んだ。不本意ながら幕使達には鼻薬《はなぐすり》を嗅がせている。

翌日から金太夫、久左衛門らが粘り強く説得を試みるも、事態は膠着したまま四日の刻が無情に過ぎていった。

そしてこの日、このままでは埒が明かないと久左衛門は、物頭と徒士頭に指示を出し、櫓を取り囲む手筈を整えたのである。

「してご城代、お尋ね申しておった儀、返答はございましたか」

四郎兵衛の問いかけに、金太夫は言葉に詰まり辺りを見渡す。傍にいる久左衛門も口を一文字に引き結び、顎《おとがい》を左右に振った。

幕使が到着したその日、相良藩重臣達に対して、収城《しゅうじょう》とは別のご上意が暗々裏に言い渡された。

相良城破却《はきゃく》の沙汰である。

その沙汰に金太夫も耳を疑った。

大名の改易やお家取り潰しに伴って、居城を明け渡すことは金太夫も聞いたことがある。しかし城を破却したという例は知らない。戦国の世ならいざ知らず、長く続いている幕政史上、前代未聞のご沙汰なのである。

幕使曰く、十一月の中頃には和泉《いずみ》は岸和田《きしわだ》藩、岡部美濃守長備《おかべみののかみながとも》の軍勢が収城のためにやってくる、そしてそのまま逗留し、年明けから岡部勢の手によって取り潰しの作業が始まる手筈となっており、その範囲は本丸御殿から多門、櫓に加え、二の丸の重臣屋敷、各種大門と貴家が作事したものはことごとく解体に処する、とのことであった。

「城地明け渡しはまだしも、城打ち壊しなどとは聞いた試しがござらん。なにかの間違いではござらぬか」

金太夫の問いに対し幕使達は、ご上意である、の一点張りで、踏み込んだ理由は聞き出すことができなかった。

金太夫は余りに酷い仕打ちに憤った。

安永の末より相良に赴任し、大公儀の動きは藩邸からの知らせでしか知る術がなくなったため、逸早《いちはや》く耳新しい政局を知ることは難しくなっているが、此度の政変の背景くらいは承知している。政敵といわれている白河《しらかわ》は松平越中守定信《まつだいらえっちゅうのかみさだのぶ》公と、その背後で糸を引く御三卿《ごさんきょう》の一つ、一橋《ひとつばし》徳川家は治済《はるさだ》公による田沼憎しの大粛清に違いないのだ。

政道刷新のため、前任者である大殿様を収賄《しゅうわい》と私欲に塗《まみ》れた極悪人であると決め付け、虚妄《きょもう》を広めて誹り、混濁腐敗《こんだくふはい》した政治を清めるための大掃除と言わんばかりに、田沼家から徹底的に権力と財力を取り上げ、再起不能になるまで陥れたのだ。その極め付けが相良城破却の沙汰である。

城取り壊しは限られたものしか知らない。しかしいくら箝口令《かんこうれい》を敷いても、不安に苛まれる城下に噂が広まることは自然な成り行きであった。金太夫が家中に向けて発した分宿の沙汰から、尾鰭背鰭《おひれせびれ》がついて話が広まっていったとも考えられるし、誰かが破却のことをうっかり口にしてしまったのかも知れない。なにより四郎兵衛の息子義藤太が家中に居る。破却の旨はすぐに四郎兵衛の知るところとなってしまった。

四郎兵衛は諸士の間でもっぱらの話題となっている、破却の噂が嘘か誠かをお聞かせ願いたい、と金太夫に打診していた。

「四郎兵衛よ、そこもとが抱いたる疑念、流言飛語《りゅうげんひご》だ。案ずることはない、この城は向後《こうご》も健在である」

金太夫が答えた刹那、久左衛門が背後を振り返り目配せをした。

徒士頭の合図を皮切りに足音を忍ばせ、丸太や掛矢《かけや》を手にした足軽達がじりじりと近づいてくる。梵鐘《ぼんしょう》の撞木《しゅもく》の如く、合図に合わせて足軽達が丸太を前後に揺らし始めた刹那、櫓の二階の格子窓がぴしゃりと開いた。そして中から黒く底光りした銃口がにょろりと顔を出し、秋空に向かって轟音が鳴り響かせた。

外堀で微睡んでいた水鳥が慌てて飛び立っていく。

櫓の麓にいるもの達が一斉に肩を竦めた。

間髪入れず二発、三発と銃声が相良の空に鳴り響く。

「手荒な真似はおよし下されと何度も申し上げておるはずですぞ。火縄を切った銃がまだ控えておりまする、戸を破るおつもりなら、鯵の干物諸共、七輪を火薬樽の中に放り込みまするぞ」

そう言って四郎兵衛は新たな銃を手に取り、空に向かって銃火をぶっ放す。恐れ慄いた足軽が散り散りに退散していく。金太夫や久左衛門は目を細め櫓の二階を見上げるしかない。四郎兵衛は、

「また同じことをなさるなら、次は大筒ですぞ」

と嬉しそうに言い放ち、豪快な笑い声を響かせたのであった。


鳴り響いた銃声は当然の如く幕使達の耳に届き、金太夫と久左衛門は釈明に追われた。

「外堀の水鳥を狙い撃ちした模様でございまして」

「試し撃ちをしただけで他意はございませぬ」

そう取り繕うも幕使達が信じるはずはない。

打開策を問われ、江戸の藩邸に問い合わせるゆえ、もう暫し猶予を、と七重《ななえ》の膝を八重《やえ》に折って懇願した。

「本日江戸から早打があり、数日後には新たな上使二名の他に、勘定方、それから当面御領地を差配する代官が着任致すゆえ、一刻も早く事態を収拾されたし」

と厳命されたのであった。

この日の晩、金太夫は役宅のある三の丸から、提灯を片手に二の丸を抜けて、本丸曲輪へと向かった。もちろん供は連れていない。

門番に会釈をし、玄関前門の脇戸を潜り、櫓へと向かう最中、金太夫はふと空を見上げた。

紫黒《しこく》の空には薄い雲が浮かんでおり、東の方角には秋月《しゅうげつ》が煌々と輝いている。地べたに伸びる己の影はくっきりと濃い。雲は月光を浴びて白んでおり、月は薄絹を纏ったように見える。提灯など不要なほど明るく、えも言われぬ美しい秋の夜空である。

首を巡らせれば主人のいない御殿は静まりかえっている。城主たっての希望により、奢った造りは厳禁とした控えめな造作の平屋の本丸は、落成して七年しか経っていない。

新築も同然だ。

月明かりを反照する屋根瓦は濡れているようで、帝釈山の石灰を原料として押さえ込まれた漆喰壁は、青白い光を放って冴え冴えとしている。

櫓の姿がくっきりと見え始めた頃、昼間にはなかったものが戸の前に置かれていることに気がついた。

箱膳である。

金太夫は背後を振り返る。多門の窓に灯りはない。

誰かが四郎兵衛に膳を運んでいるのであろうか。

しかし息子の義藤太には差控《さしひか》えを命じている。

しっかり平げたのであろう、椀は全て伏せられていた。

「おい四郎兵衛、起きておるか」

すぐに、起きておりますぞ、と返事。

「四郎兵衛よ、一つ尋ねるが、足元に膳がある。誰が運んでおるのか。咎めぬゆえ、運んでおるものの名を申せ」

返事はない。名を口にすることを憚っているのだろう。

返答を待つ間、金太夫は辺りを見渡す。やはり人の気配はない。

視線を戸に戻した刹那、重厚な櫓の戸ががらがらと音を立てた。

目の前には足軽具足を身につけた四郎兵衛が突っ立っている。

金太夫は言葉を失った。闇を背負った四郎兵衛は、月代と髭が伸びており、肌も黒く見える。山で熊にでも出くわしたような気分だ。

「早う片付けよと申したのに」

四郎兵衛は膳を見て舌を打ったが、すぐ様、

「夜分に忝のうございます」

と言って深々と頭を下げた。

呆気に取られている金太夫は継ぐ言葉を探すも、適当な言葉が見当たらず口を噤んだままだ。情けないが、肝を潰していた。身体が強張ってしまっていた。

「今宵は月が綺麗でございますな」

平素の挨拶の如く四郎兵衛は、空を見上げ、目を細めている。月明かりを浴びた相好には切羽詰まったようなものが微塵も感じられない。差し詰、糞を放《ひ》り出した後のようにすっきりと、そして晴れ晴れとしているように見える。

「持ってくるなと申しておるのですが、宿直《とのい》のものが膳を運んでくれますゆえ、飯には事欠いて

おりませぬ。櫓に兵糧がございますと啖呵を切りもうしたが、蔵物の糒《ほしい》はお家のもの。端から手をつけるつもりはございませぬゆえ、ご安心を」

そう言って身体を回し、仄暗い戸内の様子を見せた。

筵が一枚、三和土の上に敷かれており、煙硝樽が整然と並んでいる。散らかした様子はない。

「とは申せ、誘惑に負けて、鯵の干物を数尾頂きましたが」

そう言って、耳を塞ぎたくなるような大きな笑い声を上げた。

「寒うないか」

己の口から出た初めての言葉に自身が驚いた。

なにを案じておるのか、早う門番を呼べ、引っ捕らえよ、と思うもなぜか行動に移せなかった。

「ご心配には及びませぬ。大殿様の心中を惟《おもんみ》れば、斯様な寒さなど取るに足らない」

「江戸はもう寒かろうな」

己も四郎兵衛も江戸の寒さを知っている。なにやら思いを馳せているのだろうか、黙って東の空を見つめている。

江戸に比べれば、遠江の冬は雪も少なく温暖で過ごしやすい。

相良に越してきた当初、金太夫は冬の温さに驚いたほどだ。

暫く黙って空を見ていた四郎兵衛は、視線を正面に移し、前方に手を翳した。

「ご覧くだされご城代。斯様に美しい御殿は日の本広しといえど、そうはありますまい」

二人は押し黙って御殿を見遣る。

三重櫓の方角からは殿が起居する居間は見えないが、執政が政務を執る書院や上使者の控えの間、それから重臣達が一同会することができる溜りの間が見える。どっしりと構えた平屋の城はいかにも荘厳であるが、どの部屋も雨戸が閉じられており、灯りはなくひっそりとしている。

金太夫はふと強烈な寂寥《せきりょう》の情に駆られた。

つい先日まで己はあの書院に詰めていた。こんなことになるとは思いもせずに。

「今頃急使が江戸に向かって夜を日に継いで駆けておろう。此度のこと、殿が知ればさぞお怒りになられるぞ」

「そうでございましょうな」

四郎兵衛はふっと口元を緩める。

「聞くところによれば、意明《おきあき》様家督となり、奥州は下村《しもむら》に転封との由。所領は一万石まで減らされたとか」

金太夫の方へ向き直った四郎兵衛は続ける。

「相良における三百余名の家臣達はどうなりますか」

答えられず金太夫は、顔を伏せて瞑目する。

この日から遡ること三年前の天明四年四月、意次の愛息子であり惣領であった田沼山城守意知《たぬまやましろのかみおきとも》が、城中で刃傷により死去した。

行年三十五歳。私怨による凶刃の犠牲となった。

政変により意知の息子意明が家督を許されたが、十四歳と若年である。新たな船出を強いられた田沼家の舵取りをするには余りにも若く、そして経験が足りない。

領地没収により江戸と相良両方で、家臣のほとんどに暇を言い渡さねばならない。金太夫も収城を見届けた暁には、家臣団の処遇を決め、手当金の下げ渡しなどの事務処理に追われることとなる。

尊敬する父を失い、ことごとく痛めつけられたぼろぼろのお家を祖父から引き継いだ意明公にとって、余りにも酷な門出である。不憫でならない。

「お家と一丸となって難局を乗り越えてきた領民はどうなりますか。この地に置き去りでございますか」

ぐっと踏み込んできた四郎兵衛の問いかけは、金太夫の胸をきつくきつく締め付ける。

四郎兵衛が下野した年に改元となって以降、今日に至るまでの天明の御代は、相次ぐ天災に日の本中が悩まされている。

領内を襲った大地震に火災、長雨による大水《おおみず》に冷夏、そして信州浅間山《あさまやま》の噴火による降灰《こうかい》。毎年のように全国各地で凶作に悩まされ、藩邸も国許も長く財政難が続いている。

不安定な領地経営の打開策として田沼家重臣達は、天明五年から変助金《へんじょきん》の制度を導入し難局に対峙した。

領内で獲れた年貢米を江戸や大坂に送らず国許の米問屋で在払いとして換金し、領内に貯蓄。江戸藩邸からの要請がない限り、領民の凶荒対策のために金子が使われた。この制度のお陰で数年間、相良から餓死者を出さずに済んだ。まさに領民のための施策である。

相良の民が田沼家を慕う気持ちは大きい。それを四郎兵衛は元郡代家老として、そして廻船問屋の親父として肌で感じている。

ゆえに悔しいのであろう、此度の沙汰が。

大殿様が国許や領民を想う気持ちと同様、ともすればそれ以上に四郎兵衛は相良のことを、お家のことを、そして領民のことを想い、大殿様の股肱《ここう》となって働いてきた。

それゆえに泣くに泣けないほど無念なのだ。

「どうにもならぬことをお尋ねもうした。お上のご上意ゆえ、覆らぬことも重々承知しております。殿中《でんちゅう》で起きたこと、それからご老中の間でなにがあったのか、一介の船屋が預かり知らぬところ。しかし、向こうが田沼憎しと意地張って大殿様や我らをこれほどまでに貶めるのならば、こちらにも意地がある。我が命を賭してでも大殿様にかけられた謂れのない汚名を雪ぎたい」

四郎兵衛は御殿を見つめながら洟を啜った。

「しかしご城代の仰せの通り、願いはきっと叶わない。それは承知しております。ゆえに某は、ご用繁多にて二度しか入国が叶わなかった大殿様に相良にお越し頂き、家中領民が皆で作ったこの城で安息して頂き、刻《とき》の許す限り、我らと共にお過ごし頂きたい、その一心でござる」

ご免、と言い置いて四郎兵衛は、仄暗い櫓へと戻り、ゆっくりと戸を閉めた。

四郎兵衛の想いの丈を聞き、鼻の奥が湿った金太夫は呆然としながら櫓を後にし、玄関前門へと向かい、脇戸を潜った。

「四郎兵衛への差し入れはいつからだ」

金太夫の問いかけに門番は気不味そうに、

「櫓に入られた翌日からでございます。当初は家中のお方だけでございましたが、ここのところは町方からも頼まれて、と品物をお届けに来られます。他にも番所に」

と答えた。金太夫は門番達が詰める番所へ向かう。宿直の門番に案内された部屋の様子に思わず目を丸くした。

部屋の片隅には蔬菜《そさい》や汁の入った鍋、笹の葉に包まれた焼き餅や酒樽、畳まれた掻巻《かいまき》に敷布団などが置かれている。

「お断りしておるのですが、冠木門《かぶきもん》や石垣の麓に次々と」

宿直番と二人、戸口から差し入れの品を見つめる。

「櫓に届ける際は人目に付かぬよう用心致せ。それからこれらは幕使に見られては不味い。多門のどこかに纏めて隠しておけ」

は、と畏まって荷物を纏め始めた宿直番の背中を、金太夫は呆然と見つめたのであった。

「こちらが家中分宿の名簿でござる」

前日、相良に到着した新たな上使永井伊織《ながいいおり》と久留十左衛門《ひさどめじゅうざえもん》に各種帳簿を差し出した金太夫は深く低頭した。

両者の間にあるのは、十月の晦日に纏め終えた諸士の止宿先一覧、本丸の間取り図に城下の地図、金蔵や米蔵の蔵物目録、武具や馬の数を記した帳面である。

家臣達は各々の処遇が決まるまで、領内の商家や百姓の家に分宿することが決まっている。かくいう金太夫も、城から一里半ほど離れた地頭方村《じとうがたむら》の源右衛門《げんえもん》方への止宿が決まっている。草履取りの小男にはすでに暇を出した。

「明日の正午から家中残らず城中を引き払われよ。すぐに諸士に下知なされるべし」

上使の命令に従い、後ろに控えていた由膳が退室していった。

十一月十四日、新たな上使二名、勘定方三名、代官前沢藤十郎《まえさわとうじゅうろう》他手代六名が相良に到着。市場町《いちばちょう》の町家を本陣とし、先手の上使二名と合流を果たした。

四郎兵衛のことはすぐさま新たな上使達の知るところとなり、色をなして金太夫と久左衛門を問い詰めたが、

「先に到着のご両名には、事が出来《しゅったい》して間も無く注進させて頂きもうした。そして我らがお頼みもうして江戸への早打をご遠慮頂いておりまする。もちろんただではございませぬ」

と淡々と賂《まいない》を渡したことを明らかにした。

新たな上使達は、

「なんとも貴家らしい。金子がないと物事を解決できぬのか」

「蝮《まむし》の子は蝮《まむし》である」

と嘲ってみせたが、金太夫はそれらの誹りを一蹴した。

「我らを蝮と仰せなら、貴公らは蝮を食う鼬《いたち》でござろう。人の畑を食い散らかし、蝮が腹に溜め込んだ糞諸共喰らう四つ足の獣ではござらぬか。袖の下を渡すことを誇るのが道理ならば、受け取る側も誇らねばならぬ。受け取ったものを見過ごすは不道理でござる」

強い言葉に、目を三角にした幕使は腰を浮かす。

「我らはお上の命によってここに居る。そこもとが我らを四つ足だと揶揄するは、お上を揶揄することと同じぞ」

場は一触即発の緊迫した雰囲気となった。

「空威張《からいば》りができるのも今の内である。相良に向かっておる美濃守の軍勢は総勢二千五百と聞く。一刻も早う解決せねば、目も当てられぬ惨事となるぞ」

田沼家の八倍の手勢と聞いた金太夫もさすがに肝を潰す。

上使達曰く、美濃守は二十一日には金谷宿《かなやしゅく》に到着、翌日入国の手筈となっているとのこと。残り七日間のうちに四郎兵衛のことをなんとかせねば一大事となる。硝煙を盾に櫓に閉じ籠もっている男が居るなどと軍勢に知れれば、戦意旺盛と受け取られ、城下は火の海になりかねない。

「この期に及んで悠長なことは言っておれぬ。江戸と美濃守に早馬を差し向ける」

上使の伊織は先発の二人を睨み据える。

すぐに久左衛門が進み出て低頭した。

「今暫しお待ち下され。此度のことは、当家が責任を持ってしかるべき対処を致すと、先発のご上使方々と約定させて頂きもうした。それに我らから差し向けた主人への急使がおそらくこの一両日中に戻って参ります。ゆえにどうか、平にお頼み申す、暫し猶予を」

「そう言って刻を延ばしておるだけではなかろうか。この間に兵端を開く支度をしているとの疑念を抱かれても仕方あるまいぞ」

「異なことを仰せ、主人と家中一同神妙にご上意に従う所存。もう暫し、猶予をくだされ。お頼み申す」

金太夫も額を畳に擦り付けて切願したのであった。

この日の夜、金太夫は久左衛門と共に櫓に向かった。

「四郎兵衛よ、新たな上使より、城地明け渡しの沙汰が下ったぞ。我らも明日の昼には立ち退かねばならぬ、門番もお役御免だ。城郭の中はそこもと一人、膳を運ぶものもおらぬようになるし、我らもすぐに馳せ参じることが叶わなくなる」

声を張った金太夫の足元には、膳が置かれている。

「そろそろ出てこぬか四郎兵衛。明日以降、幕使とそこもとでなにかあっても我らはすぐに駆けつけることができぬ。なにかあってからでは遅いのだ。大殿様もそこもとの忠義の心、きっと感じ入ってくれよう。充分やったぞ四郎兵衛。なぁ四郎兵衛」

戸の隙間から僅かに漏れる灯りに影がよぎったのが見えた。稍あって、戸越しに四郎兵衛の返事が返ってきた。

「これはこれは夜分遅くに痛み入りまする。して新たな上使から城取り潰しの件、なにか新たな沙汰はございましたか」

二人は押し黙ってしまう。

破城の沙汰が覆ることは万に一つもない。その事実を告げて四郎兵衛が逆上したり、さらに意思を固めては厄介である。だがこのままでは状況の打開は望めない。

金太夫は臍を固めた。

「四郎兵衛よ、有り体に申すぞ。天地が変わらぬ限り、此度の大殿様への沙汰も、収城の沙汰も、そして破城の沙汰も、ひっくり返ることはない。もうどうしようもないのだ」

「なんと不甲斐ないことを仰せか。臆病風に吹かれておってはいけませぬぞご城代」

久左衛門が握り拳を戸にぶつけ、声を荒げる。

「おい四郎兵衛、もうこの押し問答は止めじゃ。収城に来る軍勢の数は二千五百と聞いた。どうするか四郎兵衛。そんな大勢に囲まれてはどうしようもないぞ。城下を火の海にするつもりか」

「二千五百とはなんと大仰な」

声高の笑い声が櫓の戸内に響き渡った。

「意気軒昂《いきけんこう》でございますな。ならばいっそのこと、作った我らの手で潰して進ぜませぬかご城代。どこぞの馬の骨かわからぬ輩どもに、大殿様の城を穢されるくらいならば、櫓や煙硝蔵から火薬を寄せ集めて一絡げに爆破せしめれば、手を煩わせずに済みまする。いかがかご城代、名案でございましょう」

実に愉快な声で四郎兵衛は問いかけてくる。一顧だにしないとは正にこのこと、我らの苦労を顧みる様子は感じられない。

「そんなことができる訳なかろうに、なぁ四郎兵衛、皆そなたのことを案じておる。ここまで騒ぎを大きくした、本来ならばなにかしらの咎を受けねばならぬのが筋。しかしそこもとにも面目があろう。今更おめおめと出てこれぬ心情もわかる。ゆえにどうだ、今宵、帯曲輪から船で出て、どこぞで乗り捨て江戸へ向かうのだ。下屋敷に遣いを送ってそこもとを匿う手筈を整えよう。息子や生家に累が及ばぬよう我らが尽力致す。これで手打ちにせぬか」

最後の提言だ。これ以上はもうどうしようもない。

「侮ってもらっては困りまする。某の決意は固い。殿のご入城が叶わぬならば、某はここで潰されていく城と共に果てる所存。我が命は城と共にあり。もし仮に、無様にも屍《しかばね》を晒すようなことがあれば、その際はどうぞ、遺骸《いがい》を外堀に放り捨ててくだされ」

諦念と落胆の溜息が、宵の空に消えていく。

「駄目だ、もう埒が明かぬ。明朝、我らの手で乗り込んで取り押さえる他ない。この際多少のことはやむを得ませぬ」

声を忍ばせた久左衛門の提案に、金太夫も承服せざるを得ない。

「四郎兵衛、証文の出し遅れという言葉があろう。穏便に済ますなら今日明日が最後ぞ。よう考えよ。また明日来るからな」

そう言い置いて金太夫は久左衛門に向かって顎をしゃくった。

「直ぐに物頭に手配致し、明朝乗り込めるよう手筈を整えまする」

大股で歩く、鼻息荒い久左衛門を横目に、金太夫はふと足を止め、長大息した。息が白む季節になったと感慨に耽る。

「実はな、わしは心恃《こころだの》みにしておったのだ」

背後からの呟きに、久左衛門は足を止めた。

「どこかあやつに期待しておるのは薄々感じておった。だが見て見ぬふりをした。どうにもならぬ現実と、どうにかなってほしいという淡い期待のせめぎ合いで、悶々とする日々であった」

櫓の方を振り返った金太夫は、再び鼻息を漏らす。

「城代という立場を盾に、手前勝手なことはできぬ、御家のために忍ばねばならぬ、と言い聞かせてきたが、その実は、あやつが言うように、臆病風に吹かれておっただけなのかも知れんな」

しかし、と食い下がろうとする久左衛門も、言いかけて言葉に詰まってしまった。何か思うところがあるのだろう。

「情けない男よの、わしは。あやつのほうがよっぽど武家らしく、よっぽど城代らしい」

金太夫は辺りを見渡した。本丸御殿はいつもと変わりなく荘厳な佇まいでどっしり構えている。宵の闇を纏った建屋は実に美しい。

「今宵がこの城で過ごす最後の夜か。名残惜しいの」

久左衛門の肩を叩いた金太夫は、力ない足取りで玄関前門へと向かったのであった。


「そこ退けそこ退け、えぇいそこを退けい」

十一月十六日の朝五つ、二の丸曲輪の西、荒神曲輪に入る門前に参集した物頭とその配下の足軽五十名、櫓乗り込みの陣頭指揮を執る金太夫と久左衛門の元に、江戸からの急使が足軽達を掻き分けて転がり込んできた。

汗に塗れた顔は黒ずんでおり、背は泥で汚れている。

急使曰く、道中は田沼家の威光はなく、宿場人足や川越人夫の嫌がらせに遭いながらもなんとか領内に到着し、この日の朝は鶏鳴《けいめい》轟く朝まだぎから駆けに駆けてここまで辿り着いたとのことであった。無事役目を果たした急使は、金太夫に文を渡すと足元で倒れ込んでしまった。

天明丁未霜月十日《てんめいひのとひつじしもつきとおか》　相良城代倉見金太夫並諸士江《さがらじょうだいくらみきんだゆうならびにしょしへ》
此度之領地召上並差扣之儀《こたびのりょうちめしあげならびにさしひかえのぎ》　家中上下何れ茂難儀辛苦《かちゅうじょうげいずれもなんぎしんく》と相成り心外千万到心痛二候《しんがいせんばんしんつうにいたりそうろう》

然共《しかれども》家中《かちゅう》一同《いちどう》神妙二《しんみょうに》相勤め《あいつとめ》満足二《まんぞくに》存候《ぞんじそうろう》

意次の筆跡と前置きのひと文だけでも金太夫の感涙を誘う。

「大殿様直々の文でござるぞ」

金太夫が文を掲げると、一同その場に跪いた。

以後、読み進めていけば、四郎兵衛のことは不埒の儀なれども、主人としては忠臣に恵まれ大変嬉しく思う、と記されている。

金太夫は懸命に主人の字を追うも、途中から視界が滲んでまともに読めなくなってしまった。

意次は、相良に行きたい気持ちは強いが、御上の沙汰により罷ることは叶わない、此度のことは是が非でも穏便に済ますよう尽力してくれ、と記している。そして文末には、向後この文が露見してはなにかと面倒であるから、読み終えたら即座に火中にするように、それから四郎兵衛のために認めた文があるから渡してくれ、と記されており、一通の腰文が封入されていた。

「大殿様の思し召しにより、討ち入りは一旦取り止め。暫しここで待機。わしと各務殿にて、最後の説得に参る。説き伏せることができぬとならば討ち入り致す」

金太夫と久左衛門は互いを見合い、急ぎ櫓へと向かった。

「四郎兵衛よ。たった今、江戸からの急使が文を携え帰ってきたぞ。大殿様直々の文だ」

戸の向こうから草鞋が砂を踏む音が聞こえ、四郎兵衛が身に纏っている具足が音を立てた。

金太夫は高らかに読み上げるも、感極まって声が震えてしまう。

横にいる久左衛門は、金太夫の読み上げる意次の想いに、肩を揺らしている。

「どうだ四郎兵衛よ、大殿様はそこもとを忠臣と褒め称えておる。そして此度のことは穏便にと仰せだ。これを聞いても立て籠もると申すなら、そこもとはもはや大殿様に楯突く謀反人。我らにて討ち入ることになる。いかがか」

金太夫と久左衛門は耳を澄ませる。

感情が昂っているのか、戸の向こうから声を殺して咽び泣く四郎兵衛の声がした。

「加えて四郎兵衛、大殿様はそこもと宛に、文を認めて下さっておる。ここに文があるぞ。我らも中身は知らぬ。さぁ読め」

そう言って金太夫は、戸の隙間に腰文を差し入れた。

暫くすると、四郎兵衛の激しく哭する声が、辺りに響き始めた。

「誰もそこもとを責めぬ。これにて仕舞いだ、さぁ出てこい」

返事をしようとしているが、激しいしゃくりのせいで上手く声が出ずに吃っている。

暫くして落ち着きを取り戻したのか、

「承知仕った。仰せの通り、櫓を明け渡しまする。しかし散らかしてしまいましたゆえ、清めてから外に出ます。四半刻ほど刻をくだされ」

と返答があった。久左衛門が進み出て、戸に向かって声を張る。

「掃除などよいわ、まずは戸を開けい」

「否、斯様な有様で引き渡しては、大殿様や皆様に顔向けができませぬ、どうかお頼み申す」

金太夫は久左衛門を制して声を張った。

「よし、相分かった。心行くまで支度を整えよ。待っておるぞ」

と望みを聞いてやった。

金太夫は久左衛門に対して、門前に控えている物頭達に討ち入りは取り止め、装備を解くよう伝えてこい、と命じた。

金太夫の愁眉がようやく開いた。胸の痞《つか》えが取れた気がした。

しかしこの安堵は、これにていよいよ城地明け渡しが確たるものとなったことの証でもあった。城代として不謹慎の極みであるが、四郎兵衛は一縷の望みであった。もしかすれば事態は急転するかも知れない、あの男のおかげで万に一つのことが起きるかも知れない、と期待を寄せていたが、その四郎兵衛も大殿様の文を読み、とうとう観念するに至った。

遂にこの城に別れを告げねばならない。

金太夫は一人、索漠《さくばく》たる思いで本丸御殿を見つめる。

大殿様が御座《おわ》した居間や隣接した庭の様子は、櫓の前からは見えないが、庭に植えられた山茶《さんちゃ》は咲き始めているに違いない。

御殿の姿がぐにゃりと歪む。

四郎兵衛の言う通り、せめて大殿様と共にこの城で刻を過ごし、大殿様と共に威風堂々城を明け渡したかった。

しかしその望みは絶たれてしまった。

ならばせめて、この目にしかと御殿の姿を焼き付けよう、最後まで立派な佇まいであったと大殿様にお伝えしよう、そう心に誓い、うら寂しい城を見つめていると、突如背後で轟音が鳴り響いた。

間髪入れず、立て続けにもう一発の銃声が鳴り響く。

計二発の銃声が城郭に響き渡った。

金太夫は櫓の戸を叩いて声を張る。

「おのれ血迷ったか四郎兵衛。明け渡すと申したであろう、おい四郎兵衛、戸を開けろ四郎兵衛」

銃声を聞きつけた久左衛門が、門を潜り、砂煙を巻き上げながら駆けてくる。背後には物頭や足軽の姿も見えた。

この銃声は本陣に居る幕使達にも届いているはずだ。明け渡しの当日の朝に銃声とは穏やかではない。この期に及んで手ぶらで注進には上がれない。流石に合わせる顔がない。

金太夫と駆けつけた久左衛門は互いを見合い、首肯した。足軽達が厳重な櫓の戸に丸太をぶつける。

激しい打撃音が辺りにこだまする。

戸が外れ、中に入れるようになったが、万が一、四郎兵衛が煙硝樽に火を掛ければ、櫓諸共吹き飛んでしまう。誰もが恐れ慄いて踏み込もうとしない。

金太夫は臆する足軽達を掻き分け、櫓の中へと飛び込んだ。

そこには筵の上で突っ伏している半裸の四郎兵衛の姿があった。

血を吸った筵の上に置かれた大きな岩のように見える。

格子窓から差し込む光が四郎兵衛の姿を照らしており、戸を破ったせいで舞い上がった埃が煌めいている。肩に手をかければ、にわかに温もりが感じられる。

腹は一文字に掻《か》っ捌《さば》かれており、首にも一筋の金瘡《きんそう》が見受けられる。衣服は雨に濡れたように血に塗れており、力の抜けた身体は事切れていることを物語っていた。心の臓をさらりと撫でられたようなざわつきを覚えた金太夫は、振り返って声を張った。

「誰か、急ぎ三好の屋敷に向かえ」

数名の足音が遠ざかっていく。

久左衛門が櫓の中に入ってきた。

二人は辺りを見渡す。整理が行き届いていた。

久左衛門は槍掛けに掛かった鞘付きの槍に触れ、壁際に並んでいる矢立箱《やたてばこ》に刺さる弓矢を引き抜いた。鏃《やじり》がきらりと煌めく。

「此奴、鏃を樽に入れただの、槍の穂《ほ》を並べただの抜かしおって」

そう言って弓矢を戻した久左衛門は肩を揺らし始めた。

後に続いて入ってきた物頭や足軽達は、櫓の中の惨状を目の当たりにして言葉を失っていたが、状況を呑み込むと、次々と咽び泣く声が櫓の中に響き始めた。

やがて四郎兵衛の息子義藤太の屋敷から戻ってきた足軽が、金太夫らに向かって、三好様《みよしさま》自刃《じじん》、と告げた。

「あの空鉄砲《からてっぽう》は合図であったか」

金太夫の言葉に、櫓にいる一同はがっくりと肩を落とした。

事切れた四郎兵衛のそばに、戸の隙間から渡した大殿様直筆の文は見当たらない。

筵のそばに据えられていた七輪の中を覗き込んだ。

消えかけの白んだ炭の上には、燃え尽きて間もない灰燼《かいじん》が、吹き込んでくる風に煽られ揺れている。

金太夫は手にしている意次からの文を、炭の上にそっと焼べた。

燃え滓が蝶のように空を舞う。

亡骸に手を合わせ、ゆっくりと立ち上がった。

「皆の者、各々の屋敷は隅々まで清めてきたか」

問いかけに一同、神妙に頷いた。

金太夫は家中の止宿先を定めた段階で、立つ鳥後を濁さぬという言葉を、諸士一同に申し渡し、役付のものに対しては畳の表替《おもてがえ》や障子の張り替えなどを指示、その他は身分の上下を問わず、庭から台所、竈や米櫃に至るまで入念な掃除をするよう下達していた。

「櫓も同様、一同手分けして入念に清めるぞ」

金太夫は胸元から懐紙を取り出し、硬くなり始めた四郎兵衛の手から、血に塗れた脇差を抜き取って拭い、鞘に納めた。

鼻を啜りながら片付けを始めた一同を背に、金太夫は櫓を後にする。

空を見上げれば、甲高い声で鳴く鳶《とび》が、空に大きな弧を描くように滑翔《かっしょう》している。取り壊される運命とも知らない本殿は、戸板に乗せられて運ばれていく四郎兵衛の姿をじっと見送っているように見えた。

美事であったぞご城代。

そう呟き、頬を伝う涙を拭うと、手にしていた脇差を筵が掛けられた亡骸の上にそっと置いた。

戸板を運ぶ男達の姿が見えなくなるのを見届けた金太夫は、気を取り直して櫓に戻ったのであった。

優秀賞（随筆）

三日《みっか》のつもりが三《さん》か月《げつ》
しずおか、静岡《しずおか》

横山《よこやま》　八千代《やちよ》

ちょうど昨年の今ごろだった。

六月半ば、梅雨が始まって気が滅入りそうな日が続いていた。寝転がってスマホをいじっていたら、『ファンタジー　オン　アイス』のお知らせページが飛びこんできた。読んでみると、羽生結弦君がでるという。北京オリンピックが終わって初のアイスショーである。ツァーはすでに始まっていて、開催されるのは日本で四カ所だけ。幕張、神戸、名古屋は終了している。残るは静岡県のエコパアリーナのみ。しかも公演は数日後に迫っている。キャンセルがでたエコパ公演の切符を売っている公式サイトだった。

私は数年前から京都に住んでいる。ときどき実家がある静岡県の金谷に戻るが、ここのところコロナで何年か帰っていなかった。ツァーの最終公演会場となっているエコパアリーナは愛野にある。愛野は金谷から電車で二十分ほどだ。

羽生結弦は私の「推し」のひとりである。しかし、まだ「ナマ羽生」を一度も見たことがない。北京オリンピックが終わってからは、羽生君の選手生活からの引退が発表されるのも時間の問題のような気がしていた。現役の間に「ナマ羽生」を見ておきたいというのが私の悲願である。

スマホの画面を見ながら、頭を高速回転させてあれこれ考えた。いま見ておかないと間に合わないかも知れない。実家から近いエコパアリーナ。これはいくしかない。

ただ、問題は切符で、抽選に当たらなければ手に入らない。当たるかどうかわからないが、運を天にまかせて、エイヤ、とスマホで応募してみた。第三希望まで申しこめた。

数日後、メールで返事がきた。

「第二希望に当選」と書いてある。ヤッホーである。

すぐに金谷に帰る準備を始める。

犬と鳥を飼っているので、帰るときは犬鳥を連れて移動する。公演前日に金谷に帰って、犬と鳥を家に置いて、翌日のアイスショーを見にいく。で、その翌日か翌々日に京都へ戻るという予定をたてる。無理な日程ではない。大丈夫だ、と思っていたが、甘かった。

六月二十四日、いよいよ公演当日、初めていくアイスショーの会場。

会場に入ったとたん、スケートリンクの広さと美しさに圧倒された。アリーナの巨大なアイスリンクは氷面が蒼く輝き、まさに「ファンタジー」の世界である。会場は氷が張っているのだから寒いに違いない、と思って厚着していったら、私の席は高いところにあって、暑いくらいだった。

大きなアイスリンクは羽生ファン一色。隣の席の人は新潟からきたという。新潟から静岡に来るのは、日本横断だ。乗り継ぎなどかなり大変ではないだろうか。しかも三回目の応募でやっと当選したという。一回で当選した私は運がいいのかもしれない。

いよいよショーが始まる。大音量の音楽と観客の手拍子が起こる。アイスショーの会場がこんなにも熱気溢れて賑やかであることを初めて知る。滑りに合わせて、私も手拍子に加わる。すると自分も一緒に滑っているような気持ちになる。これがライブの醍醐味か。

念願の「ナマ羽生」を見て、四回転ジャンプもしっかり見た。氷上でかき氷の機械が高速回転するかのようで、高さと、速さと、美しさに息をのんだ。トリノ五輪の金メダリスト、荒川静香さんも登場した。金メダルのときよりも数段進化していて、神々しいほどの円熟した滑りだった。ということは、羽生くんもこれからますます進化するに違いない。期待がふくらむ。

興奮のアイスショーが終わると、会場から愛野駅まで、帰途につく人の列が延々と続いていた。私は駅前のスーパーマーケットに立ち寄った。夜の九時ごろである。

店からでたすぐのところに、コンクリートの車止めがあることに気がつかなかった。暗くて見えなかったのだ。勢いよくつまずいて前のめりに倒れこんだ。左腕に付けていたアップルウオッチが、「救急車呼びますか?」と聞いてくれた。転倒するとアップルウオッチが反応する、と聞いたことはあったが、ほんとに作動したので感動した。

地面に顔面をたたきつける前に両手をついたらしく、顔も頭も打っていない。意識もある。手と足は痛いが、耐えられないほどでもない。大丈夫だ。救急車を「呼ばなくていい」というボタンを押した。

ところが、ぜんぜん大丈夫じゃなかった。起き上がろうとしても、身体が動かない。右膝が九十度に固まったまま動かない。駐車場で暗い空を仰いで寝ているだけある。

まわりにいた人たちが集まってきた。「大丈夫ですか」と聞いてくれる。スーパーの店長さんもやってきて、「救急車を呼びましょう」ということになった。

間もなく救急車はきてくれたが、なんと「命に別状ないようなら、救急車ではなく、愛野駅前のタクシーでくるように」という指令がでた。指令をだしたのは病院だろうか。

救急車がきたのに乗せてくれないとは、静岡県の救急車はずいぶん冷たいなー、と思った。それともコロナで救急車に乗るのは大変なんだろうか。京都で救急車のお世話になったことは二回あるが、もっとスムーズだった。まず、どこの病院へいきたいか聞かれて、希望の病院を告げると、受け入れの空きがあれば搬送してもらえる。二回とも、家から近い京大病院のお世話になった。

救急隊員がマイクで応答する。

「無理です。アリーナでアイスショーが終わって、タクシーは全部そっちにいってしまっています。タクシーはつかまりません」

救急隊は私の味方をしてくれた。これは嬉しかった。

病院と救急隊の押し問答のすえ、そういうことなら、と救急車に乗せてもらえることになった。静岡県で乗ったのは初めてだった。

発車する前に、救急車の中で心電図などの計器をつけられて、隊員に質問される。

「どこか苦しいところはありませんか？　膝はこれ以上伸びない？　ほかに痛いところは？」

質問された瞬間、ストレッチャーに寝ている私は膝の痛みも忘れて、身体全体が陽に当たったバターのようにとろけそうになった。耳に入ってきたのが、懐かしい懐かしい静岡弁だったからだ。〈あー、これだけで全身が癒やされる〉と痛みも忘れて嬉しくなった。

文字にすると普通の標準語だが、言葉にするとなると抑揚、アクセント、区切りかた、使う語彙、語尾、などが静岡特有のものになるのだ。これぞ静岡に住んでいる人たちが日常に喋っている言葉、「静岡弁」だ。静岡にいるときには、自分が喋っている言葉が静岡弁であることなど、まったく意識しなかった。

日本じゅう津々浦々、人々が話す言葉は、その土地の地形、気候、歴史、風土、食べ物などと同様に、同じ日本語でもそれぞれ違う。その地域内に住んでいるときは、みんな自分が喋っている言葉を特段意識しない。私もそうだった。

ところが、ここのところコロナ禍もあり、静岡からしばらく離れていた。それで、久しぶりに耳から入ってくる静岡弁に敏感に反応したのかもしれない。救急隊員の口からでる静岡弁で、私のケガも気持ちも、病院に着く前にだいぶ癒されていた気がする。

搬送先は、掛川市にある中東遠総合医療センター。新しくできた病院だという。

私が命を争う重傷者ではなかったから、救急隊員の気持ちも重くはなかったのだろう。車内は陰鬱なムードはなく、隊員たちも気軽に話しかけてくださり、移動中、ついおしゃべりになった。

「京都でも救急車に乗ったことありますよー。心臓がおかしいな、と思って京大病院へ運ばれて。でも、病院ではどこもおかしくないという。夜の十一時ごろだったたから、『せっかくきたんだから一泊してく?』といわれて、CCU（循環器集中治療室）に入ったんです。そしたら二時間後くらいに心臓が停まって、原因を調べたら大動脈解離だと」

「うわ、それは大変だー」

聞いている隊員も驚く。

「CCUにいたから、すぐに心肺蘇生法をやってもらえて、それでも自力で心臓が動きだすまでに、十五分かかったそうです」

「心臓が十五分止まったら大変だよー」

「そうですよー。大動脈乖離だとわかって、すぐ手術だ、と午前四時から手術が始まって、終わったのが昼の十二時半。私はこのへんのことは覚えてないんですけど」

「すごいねー。よく生きて返ってきたねー」

「ほんとに、先生方に助けていただきました。運がよかったんだっていわれました」

運ばれたのが、その手術ができる病院だったこと、手術室が空いていたこと、執刀できる医師がいたこと、など、どれが欠けてもすぐに手術はできないのだと。

手術後はICUに移され、手術翌日には家族が病院に集まった。家族は医師にいわれたそうだ。生きるか死ぬかで、目覚めたとしても十五分間心臓が停まっていたから、「植物状態」か、「言語がでない」か、「半身不随」か、「寝たきりになる」か、そのへんは覚悟してください、と。私は術後のICUでの記憶はまったくない。

覚えているのはＩＣＵから心臓血管外科の一般病棟に移ってからである。病院食は普通に食べて、ポータブル心電図をつけて、尿の袋をぶらさげて、歩行器につかまりながら歩いていた。このへんから記憶がある。スマホの写真も残っている。途中の意識が切れているから、まるでワープしたような気分だった。生き返ったんですよ、といわれても、ふーん、と思うだけで、実感は薄かった。医師は、難しい手術が成功して生還したんだから、もっとありがたく思ってほしかったようだ。

「さらにすごいのは、退院時に請求された費用ですよ。人工心肺装置を一日レンタルすると二百五十万するとかで、請求された合計金額は六百九十万円。でもね、退院するとき私が払ったのは四万九千円。三週間の入院中の寝間着や食費も含めて」

「高額医療費の扱いだね」

「そうそう、それです。日本の医療制度はほんとにすごい、と思いました」

雑談しているあいだに、救急車は掛川市の病院に到着した。

深夜の病院は、規模を縮小しているが機能している。昼間の患者さんに比べると、深夜に訪れる患者さんのほうが、見たところ深刻そうな感じがする。

当番ではないのに、たまたまきていた、という整形外科医が診てくれた。

診察の結果、私の右膝は「膝蓋骨骨折」、簡単にいうと「膝の皿が割れた」のだった。

今まで骨折した経験はない。人生初の骨折である。幸い手術をする必要はなく、その場でギプス、松葉杖になる。骨がくっつくのを待つだけだ。
医者によると、今は硬いギプスだが、三週間ほどで柔らかいコルセットに変わるという。コルセットはマジックテープで取り外しができて、寝るときや入浴時には外していい。そのころにはリハビリが始まり、八月が終わるころにはコルセットも取れるという。

処置が終わったのが深夜の十二時近く。入院は必要ないというので、掛川市の隣、菊川市に住んでいる友人夫妻に車できてもらった。深夜にいきなり呼びだして、ほんとに申し訳なかった。夫妻のおかげで、無事、金谷の家に帰り着くことができた。

金谷の家は両親が亡くなって、だれも住んでいない。おまけにコロナで数年帰省していなかったから、家の中は古い家の臭いが充満し、雨戸を開けようにもギプスの足ではままならない。連れてきた犬と鳥しかいない実家で、亡き母のベッドに転がって考えた。

これからどうしよう。京都へ帰ろうにもギプスを付けていて、犬鳥連れて帰るのは大仕事である。それに、京都はこれから猛烈に暑くなる。灼熱地獄といっていい。それに比べると金谷は涼しい。さあ、どうするか。

年金生活者の私は、京都にいようと金谷にいようと、どこにいてもかまわないが、京都で通っている医者の心臓の薬がそろそろ切れる、京都の家の冷蔵庫の中にある野菜が、そのうちに腐り始めるだろう。室内の観葉植物にも水をやらなければならない、など気になることもあったが、考えた末にだした結論は、「暑い夏の間は金谷にいる」だった。

金谷にいると決めたからには、これからどうするか考えなくては、と思っていたら、金谷島田に住んでいる小中学校の同級生女子たちが、掃除道具を持ってやってきた。長いこと住んでいなかった家を換気して、台所の掃除をして、ベッドから台所を通ってトイレまで、松葉杖でいけるようにしてくれた。ありがたきかな、幼なじみの友がき。

同じ金谷に住んでいる親戚のおじさんは、スイカやイチジク、シャインマスカット、デラウエア、ナイアガラなどを持って現れた。高級ブドウや夏の野菜・果実を趣味で作っているのだ。スイカは三十個とれたそうで、大きくて甘いスイカをふたついただいた。

おじさんは八十歳を超えていてもなお働き者で、一週間のうちの半分は磐田のケーキ店へ手伝いにいっている。残りの日は畑をやったり庭木を伐採したりしている。ジャングル化しているうちの庭木も、何度も切ってもらった。磐田のお店のケーキをいただくこともあった。濃紺の夜空のような色のケーキを初めて食べた。愛称『星空のケーキ』。色が珍しくて、おいしくて、夢があって、食べると幸せになった。

教え子たちも、見舞いに現れた。数十年前、高校教員をやっていたことがあるのだ。ギプスをしているとなにもできないから、若い彼らにいろいろ頼んだ。脚立の上に乗るなどもってのほかだったから、カーテンを取り替えたり、掛け時計の電池を取り替えたりしてもらった。私はベッドから指示するだけで、大いに助かった。

食事は昼は配食弁当サービスを頼んだ。夕食、朝食は、スーパーで冷凍食品や米、パン、トウモロコシなどを買ってきてもらい、冷蔵庫・冷凍庫に貯えた。カツ弁当や寿司などを差し入れしてくれる友人もいた。

犬と鳥もいるから、彼らの餌も買ってきてもらった。鳥はまだヒナで刺し餌をしている状態なので、粉末の餌をお湯でふやかして、小さなスプーンで与えなくてはならない。

ちなみに、鳥は真っ白いオカメインコの雛で、生後二ヶ月ほど。名前は白いから「ゆきちゃん」。二か月前、東京から京都へ戻るときに、静岡のブリーダーさんから静岡駅のホームで受け取った赤ちゃんである。性別不明だったが、京都に連れ帰って、たぶん男なんじゃないか、と思うようになった。なぜかというと、買い物から私が帰ってきて玄関の鍵をガチャガチャさせると、リビングからでっかい声で「おかえりー!」と絶叫するからだ。ケージの前にいって、私が「ただいま」といっても、「おかえり! おかえり!」の絶叫は止まらない。数分はつづく。トイレから戻っても、風呂から戻っても、「おかえり!」といってくれた。

オカメインコでよく喋るのは男の子である。女子はあまりしゃべらない。ゆきちゃんはたぶん男の子だろう。まだ刺し餌をしていたので連れてきたのだった。成鳥より小さいので、持ち運びは昆虫飼育用のプラケースである。

私は膝をケガしていて、動けない。掃除をしたくてもロクにできない。暇である。

ベッドに横になっているとき、私もゆきちゃんも暇なので、口笛で歌を教えた。「ミッキーマウスマーチ」と「トトロ」の二曲。私の口笛を一生懸命聞いて、まねしてくれる。幼鳥ながら、顔は真剣そのもの。食い入るように私を見つめて聴いている。

結局、ゆきちゃんは、金谷滞在中にこの二曲をマスターした。教え始めのころは先生役の私も口笛がヘタだったが、教えている間に、私の口笛も、ゆきちゃんと競い合うほど上達した。

骨折は初めての経験で、大変痛いものだと知った。骨折した右足がジンジンと芯から痛む。昼も夜も間断なく、ジンジン、ジンジン。昼間はなにかに気が紛れているが、夜、寝るとき、灯りを消してからは意識が痛みに集中するので、痛くて寝付けない。病院から処方された痛み止めの薬を飲んでやっとしのぐ、という有様だった。

さて、肝心要の通院は、週に二～三回、金谷から掛川の病院へ通った。

病院まで自力で通うとなると、松葉杖をついて、JRとバスを乗り継いでいかなければならない。ひとりで移動するのはまだ頼りない、心配だ、と友人たちが助けてくれた。複数の友人知人、隣人、親戚のおじさんが、ローテーションで車をだしてくれた。

車の運転手が、病院では「付き添い」として車椅子を押してくれる。レントゲン室へいってX線撮影をし、診察を待ち、午前中の診療が終わるのが昼だいぶ過ぎてから。病院内の食堂で昼食を食べることもあったが、病院からの帰り道、いろいろな店に寄ってランチを食べた。私の栄養補給のために、車をだしてくれた付き添いの人へのお礼のために。スマホでいろいろな店を探して、新しい店へ入ったり、「道の駅掛川」へ寄ってみたり、気に入った店は何度もリピートした。

ランチの帰りに、食料品や日用品を買いこむのが病院帰りの日課になった。どこのスーパーマーケット、ドラッグストア、ホームセンターでも車椅子を置いていることがわかった。それからは、車椅子を押してもらい、自分で欲しいものが買えるようになった。

友人たちの車の都合がつかないときは、自力で通った。電車とバスを使って。そんなときに限ってJRが不通になったりしたが、なんとか通った。

生活資金は郵便局からおろした。京都銀行は静岡にはないので、全国にある郵便局は庶民の味方であることを実感した。

切れかかっていた薬は、京都の友人に頼んで、私のかかりつけ医院へ何回かいってもらった。処方箋をもらって、薬局へいって、たまった郵便物と一緒に薬を送ってもらった。

こんなふうに、ほんとうにみんなの気持ちに甘えて、みんなの力を借りて毎日を過ごした。金谷の友人、京都の友人、親戚のおじさん、みんなの有り難みを身をもって感じる毎日だった。

いつも帰省しても三日くらいしかいないが、今回は夏じゅういたから、いろいろなことに気がついた。たとえば、金谷では毎日、夕方六時ごろにはホトトギスが啼き、日没後は涼風が立ち始める。

京都では夜になってもアスファルトやコンクリートの熱が冷めない。涼風も立たない。日中熱せられた市街は、冷めないうちに翌日の太陽が照りつける。

それに比べると金谷は天国だといっていい。うちの庭はジャングル状態で鬱蒼としているからか、いろいろな鳥が来て朝が一番賑やかだった。

愛野で救急車に乗ったとき、隊員が喋る静岡弁のカルチャーショックの洗礼を受けて嬉しくなったが、その後も、静岡弁のカルチャーショックは途切れることなくつづいていた。

病院では、受付の人、看護師さん、食堂の人、薬局の人、待合室にいる患者さんたちの言葉と、たたずまいと、雰囲気と、耳から、目から、入ってくるものすべてに、一瞬一瞬、「私は静岡にいるんだ」と感じないわけにはいかなかった。眼には見えない「静岡シャワー」を身体じゅうで浴びていたようなものだ。

スーパーに買い物にいっても、ランチを食べにいっても、静岡弁があふれていた。どこへいっても、聞いただけで嬉しくなる。言葉は、それを発する「人」でもある。静岡の言葉はのんびりと優しい。早口でまくし立てる人はいない。人柄も同じ。みんなやさしい。醸しだす雰囲気も穏やかで、その穏やかさが町なかにも風景にも漂っていた。

なかでもダントツは、リハビリの先生だった。最初は週に三回、やがて二回、一時間ほど、病院内のリハビリテーション科へ通った。リハビリは死ぬほど痛いと聞いていたのに、痛いことはやらなかった。担当の先生はいつも同じで、私はベッドに横になって、先生が右膝に集中してマッサージをしてくれる。施術の間、いろいろ世間話をする。このときの先生の言葉が、静岡弁のなかでも中東遠特有の言葉で、私が子供のころに聞いていた言葉に近かった。懐かしくて、先生の手技同様に、先生の口からでてくる言葉にもほんとに癒やされた。ケガをした足と心と、両方が癒された。リハビリルームに通うのが楽しかった。リハビリの宿題もだされて、家で毎日、真面目にやった。ジンジンしていた足の痛みも徐々に軽くなり、歩くときのバランス感覚も戻りつつあった。

帰省したばかりのころは、家じゅうに挨くさい臭いが充満していたのに、七月も終わるころには、毎日住んでいるというだけで不快な臭いは消え去っていた。家は人が住んでこそなのだ。

私は母のパジャマを借りて、居間にある母のベッドで寝ていた。そのせいなのか、亡き父や母の夢をよく見た。夢の中でも両親に会えて嬉しかった。

ベッドの枕元には母が読んでいた本や辞書類が積んである。その中の一番上に置いてあるノートを手に取ってみると、母の「短歌ノート」だった。母の趣味は書道、短歌、謡曲。

母の短歌ノートがあることは知っていたが、まともに読んだことはない。

ノートを開いて第一ページ目、最初の歌に、頭をぶん殴られたような気がした。


「松虫」の謡ひびきて床打ちつ舞ふ娘（こ）の姿われ見つめ居り

これは私が大学四回生のとき、京都の能楽堂で仕舞「松虫」を舞ったときの情景を歌ったものだ。五十年前のことである。このときのことを母が歌に詠んでいたとは知らなかった。母が金谷から観にきてくれたことは、今でもはっきり覚えている。

京都に住むのだから、京都らしいことをやりなさい、という半ば命令のような母の薦めに従って、謡と仕舞の稽古を始めた。四回生になって、卒業後は静岡県で高校教師になることが決まっていた。学生時代最後の発表会で舞ったのが「松虫」だった。
短歌はたくさんあった。家族のことを詠ったものが多い。

空手部の合宿終へて帰りし子泥のごとくに眠りこけをり

チベットやソ聯国境巡り来て子は家の水喉鳴らし飲む

常臥せる父の指先柔らかく爪切り遣れば温み伝はる

夜の更けを弓の手入れをする夫（つま）よ弓弦（ゆづる）を鳴らす響聞こゆる

夫の臥す病棟の灯の見ゆる角寒ざむ一人終バスを待つ

シベリヤより耐へて還りしが捕虜の日々を遂に語らず夫は逝きたり

医療過誤で逝きたる夫の七回忌に昂ぶりおさへ法廷に立つ

物置の足踏みオルガン弾きてみぬ音懐かしみつつ粗大ゴミとす

母の短歌は我が家の歴史を物語っていた。

母は静岡に生まれて、戦時中は静岡市内で小学校の教師となり、呉服町商店街あたりの子供たちを教えていたと聞いた。静岡空襲で焼けた死体が転がっているのを、またいで通勤したという。母が二十歳を過ぎて間もないころの話である。

父は数年間ロシアで捕虜生活をおくり、終戦になっても戻ってこなかった。みんな戦死したものだと思っていたら、終戦後三年たって帰国を果たした。ロシアが、貴重な労働力である日本人捕虜をなかなか手放さなかったからだ。

父がいっていた。

「家族に会えると思って還ってきたら、親父しかいなかった。妹とお袋はいなかった」

母親は結核で、妹は骨髄炎で父が戻ってくる前に亡くなっている。今の医療なら、二人とも、復員してきた父と会えただろう。

そんな父のところに、母は、小学校の教員をやめて嫁いできた。

母に聞いたことがある。

「なんで教師をやめたの。続ければよかったのに」

「おじいちゃんがいったのよ。自分が働くから、よし子は家にいてくれ、って。だからやめたのに、おじいちゃんは家にロクにお金を入れない。私は欺されたのよ」

「よし子」は嫁である母の名前である。

祖父は静岡県に車が三台しかないときに、免許をとって会社の車を運転していた。日本が車の生産を始める前の時代で、車はフォードだったという。

その後、祖父は隣町に住む未亡人と愛人関係になった。子連れの未亡人で、今でいうシングルマザーだ。彼女も必死だったのだろう。祖父はその女性と子供のために家を建ててやり、子供が高校へ行く学費もだしてやった。子供だった私は、その女性を見たことがある。

祖父は晩年は寝たきりになって、母が自宅で世話をしていた。母は嫁にくるとき自分を「欺した」舅の介護をひとりでやっていた。父と私は仕事をしていたから、祖父の世話は母に任せきりだった。介護ベッドや介護施設も、ヘルパーなども存在しない時代で、母は大変だったと思う。愛人も手伝えばいいのに、と思ったが、愛人とは、おいしいとこ取りするだけの存在らしい。

祖父は九十一歳で老衰で亡くなった。最晩年は夜中に「たのもうー」と大声で家人を呼ぶ。尋常高等小学校時代、級長をやったという祖父の錯乱してゆく姿を見て、人間が老いるということはこういうことか、こうして最後を迎えるのか、と自宅にいながら学ばせてもらった。祖父の最後の言葉は「よし子、ありがとうよ」だったという。

母の短歌にも、舅を詠ったものがときどきでてくる。その後、夫を亡くしてからは、夫の歌がほとんどになった。

　母とは今日のご飯はなににする、というような日常の会話はよくしたが、遺された短歌に綴られているような細やかな気持ちについて語り合うことはなかった。

　インクや鉛筆で書かれた歌の文字を見ると、母が今もそこにいるように思えてくる。肉体はなくなっても、気持ちは消えることはないのではないか。母がなにを思い日々過ごしていたか、口で語るより深く綴られている。母自身、のちに子供が読むだろう、などとは思いもしないで詠ったものだろう。遺された短歌を読むと、生前の会話よりはるかに深いところで対話している気がする。

　父ともじっくり話したことはないが、私は、静岡県立高校の教師という父と同じ職業についた。父の後を追っていたのだろう。

　父は短歌はやらなかったが川柳をやった。『花かんざし』という川柳叢書の一冊が遺っている。病床で校正をしていて、できてきた本は箱入りの立派なもので、亡くなったときの香典返しにした。

　父の死は入院中の医療過誤によるもので、享年七十歳。シベリヤの戦地は生き抜いて生還したが、信頼する病院のうっかりミスが直接の死因となり亡くなった。父自身、あのとき死ぬとは思っていなかったと思う。

　母と二人で、病院と医師を相手に訴訟を起こしたが、決して楽しいものではなかった。

　医療過誤という言葉自体が、日常的につかわれるようになる前の時代で、医師は医療過誤を認めていたのに経営者の病院側が認めず、医師も前言撤回した。医師が嘘をつくとはなにごとぞ、と私と母は怒り、訴訟に踏み切ったのだった。

最後は和解になったが、父が遺していった宿題を、母と二人で何年もかかって片づけた気がする。

母の短歌ノートを見つけたように、家で父のヴァイオリンを見つけた。父が学生時代に趣味で弾いていた戦前のスズキヴァイオリンだ。私は幼児期に、小さな子供用バイオリンで父から習った。しかしモノにはならなかった。じきにやめてしまった。それ以降、「ヴァイオリンは幼いころに挫折した」という記憶が頭のどこかにこびりついていて、それが悔しくて、今回、骨折を機にヴァイオリンの稽古を始めようと決心した。七十歳の手習いである。父が笑っているかもしれない。

父の人生の中で最大の幸運は、戦地から生きて還れたことだろう。

次の幸運は、弓道静岡県高校女子の監督として、国体とインターハイの両方で優勝したことだろう。

入院中の父の付き添いをしているとき、父に聞いたことがある。

「弓道やっててさ、インターハイと国体とで優勝って、すごいね。嬉しかっただろうねー」

父の返事は意外なものだった。

「取る前は欲しくてしょうがなかったけど、今になって思うと、どうってことないなー」

どうってことないことはないと思うのに、あっさりという。達成した者だけがいえる言葉だろう。取れなかった者は、いつまでも悔しい気持ちが続く。私がヴァイオリンに挫折したように。思うと、両親の趣味と私の趣味は重なっているものが多い。「自分」は唯一の存在、自分はひとりだけ、と思っていたが、実は「父と母からもらったもの」で合成されている存在なのだと改めて思う。

八月半ば、金谷でお盆を迎えた。お盆には、足を引きずって先祖代々の墓がある山へ登った。JRや大井川鐵道が墓地のすぐ近くを通り、晴れていれば富士山が見える。江戸時代からの墓石が二十基近く林立するわが家の墓は、幼いころから祖父と一緒によく掃除に来た。江戸時代の墓に、同じ日に亡くなっている同年齢の童子と童女がいる。一つの墓石に並んで書かれていて、双子なのか、事故だったのか、病気だったのか、その墓石を見るたびに、百年以上前の先祖の哀しみを思う。

さて、お盆も終わり、ケガをした足は、少しずつよくなっているという実感があった。松葉杖から杖になり、八月も終わるころには杖なしで歩けるようになった。京都へ帰る日も近づき、友人たちが送別会を兼ねて車であちこちに連れだしてくれるようになった。

私の家は金谷駅徒歩数分のところにある。家の前を東海道が通り、富士山が見える。金谷駅は牧之原台地の終わるところにあって、東海道は東の大井川に向かって下っていく。

家をでて金谷駅から台地の縁を車で上がっていくと、金谷・島田の町並が一望できる。正面には富士山が見え、周囲には緑の茶畑が広がる。天気がよければ北には南アルプス、南は駿河湾まで見える。暗くなれば、牧之原台地の上は三六〇度満天の星が降る。

大井川と牧之原台地、この巨大なふたつのものに挟まれた狭い谷で私は生まれ育った。谷の名前は「金谷」。谷にはウグイスやホトトギス、ミミヅクの声が響き渡る。巨大な台地と巨大な川。この二つを「同じもの」として見たことは一度もなかった。

ところが最近になって、このふたつが一〇〇万年くらい前は同じもので、牧之原台地は大井川があったからこそできたものだと知った。赤石山系の土砂が大井川により運ばれてきて、最後は駿河湾に注ぎこむ。このとき大井川は流れを変えながら巨大な扇状地を作った。その巨大さといったら、西は袋井・掛川、東は藤枝・焼津に至り、静岡県の中西部地域をすっぽり包みこむほどで、とてつもなく広大な平野を作りだした。その扇状地が大地震のたびに隆起して、できたのが牧之原台地だというのだから、知ったときにはたまげたなんてものではない。こんなに面白いことを、学校では教わらなかった。

金谷の住民は牧之原台地と大井川と、両方に縁がある生活をしている。車ででかけるというと、牧之原を越えるか、大井川を渡るか、の二択である。

私の通っていた中学校は牧之原台地の上にあって、一二〇〇人の生徒たちは台地の下、平らな市街地に住む者がほとんどだった。御前崎から盛り上がって平らかに広がる広大な台地が終わりになる斜面を、われらは毎日、リュックのような学校規定の通学カバンを背負ってよじ登るようにして通った。懐かしい通学路だ。毎日大井川と富士山と大茶園を見て学校へいく。もちろん、学校のグラウンドからも富士山が見えるし、校歌も「朝（あした）には富士を仰ぎて」と歌いだす。春夏秋冬、朝昼晩の富士を見て三年間を過ごした。

その後、中学校は台地の下に移転した。新しい学校からは富士は見えない。牧之原台地は遠望できるが、台地の縁を毎朝登る必要がなくなった代わりに、生徒たちは富士と大茶園という日本一の景色を見ることなく巣立っていくことになった。

現在も、昔の中学校跡地は更地のまま、牧之原の茶畑の中に残っている。

この跡地を更に先にいくと、富士山静岡空港がある。茶畑の真ん中にある小さな空港は、夏でも風が心地よく吹く。富士山も遠望できる。空港ラウンジには清水港の「駿河湾のとれたて海鮮ランチ」を食べさせる店があり、友人にリクエストして何度か連れていってもらった。レストランの窓から、飛行機の発着陸を見ることができるのも楽しかった。

この空港から北海道にいったことがある。千歳から帰ってくるときは、飛行機の席のあちこちに近所の人が座っているので驚いた。遠州灘や駿河湾を上から見ながら、飛行機は大井川の河口をさかのぼる。着陸するときは、ギャーと絶叫しそうな勢いで茶畑の中に突っ込んでいく。郷土を上から見るというのは空港ができたからこそ可能になったのだが、最後の着陸は度肝を抜かれるような経験だった。

空港から牧之原台地を東に下っていくと吉田になる。

教え子の一人が、吉田の名産、ウナギを食べに連れていってくれた。ついでに、吉田にある小山城へ登ろうという。この足で城へ登るのか、とも思ったが、かつて少年だった生徒はおじさんになっていて、その頼もしい背中を見ながらゆっくり、ゆっくり、天守までなんとか登り切った。リハビリにもなった。小山城は武田氏の城で、徳川家康との戦で敗れた。

わが町金谷には諏訪原城があるが、これも武田氏の城である。金谷の城なのに、なんで「諏訪原城」と名づけられているのか、幼いときからずっと疑問だった。大人になってから武田氏の歴史を知って納得した。諏訪原城を築城した武田勝頼は諏訪氏の養子に入り、最初は諏訪勝頼と称していた。そこを信玄に呼び戻されて武田勝頼になったのだった。なるほど、それで諏訪原城なのかと。諏訪原城も徳川家康に敗れている。

友人たちと、大井川港へ釜揚げしらすを買いにいったこともある。海に近くなると、平地が続き山は見えなくなる。このあたりは、大井川が運んできた赤石の土砂で造られた平野だ。狭小な谷に住んでいる人間は広さに感動するしかない。

地元観光、おいしいもの食べ歩き、などをしている間に、季節は移り九月に入った。

米農家の友人夫妻が、京都にいる弟のところへ新米を届けにいくという。救急車で運ばれた病院へ深夜かけつけてくれた夫妻だ。ワゴン車でいくから、一緒にいかないかという。まるで降って湧いたような幸運である。犬、鳥一緒に同乗させてもらうことにした。

九月十四日、京都へ戻った。

今まで、帰省しても長くて一週間。今回は、三日の予定が、まさかの三ヶ月ほどになった。故郷しずおかと、両親と、友人たちを再認識し、自分には骨の髄まで静岡の風土が染みついていることを知ることになった三か月だった。骨折しなかったら、気がつかなかっただろう。ご先祖さまか、亡き両親か、それとも金谷という町かが、「こいつに、ひとつ教えてやらなくてはいかんな。なんにもわかってないからな」と思って与えてくれた三ヶ月だったような気がする。

生まれ育った町の景色や空気、流れるゆったりした時間、友人たち、そしてどこにいっても耳から入ってくる静岡弁。これらのすべてに癒され、骨折が治っていった気がする。それをご先祖様と両親が見守っていてくれた。

人間は、だれでもそうだろうが、自分ひとりではない。ひとりで勝手に生きているのでもない。生かされている。だれによって？　生まれ育った町と、ご先祖さまたちと、両親と、多くの友人たちによって。

この歳になって、改めて思い知らされた気がする。それが今ある私だ、と。

佳作（小説）

兎《うさぎ》たちの居《い》た場《ば》所《しょ》

阿《あ》部《べ》　千《ち》絵《え》

小学校の頃から豆腐だった。今でもよく思い出す。豆腐というのは鬼ごっこなどの時、触ってはいけない人のことだ。その時は放課後グラウンドに集まって鬼ごっこで遊ぶことが多かったが、足が遅い自分はいつも、杏奈は豆腐ね、と言われて鬼から触られることもボールに当てられることもなくいくら遅くても大丈夫だった。鬼が近づいてきてふわっと当てるふりをするだけで直接触られることはない。鬼の手は私の体の横をすり抜けて行く。一枚膜をかぶったままの状態だ。鬼ごっこはそもそも同じ人ばかりが捕まってはつまらないし捕まったら最後永久に鬼になる可能性がある。けれどもそんな風に私は守られていた。遠州灘の方まで走って逃げると決まって潮の匂いがして来た。

けれどもある日、幼馴染の高橋さんが急に

「杏奈だけ豆腐ってずるくない」

と言った。皆は急に鬼ごっこをやめて立ち止まった。誰も口を開かない。

「別に今まで通りでもいいじゃん。杏奈遅いし」

と男子が言うと

「そうやっていつもかばうじゃん」

「あー豆腐やめて頑張ってみるわ」

と私は口を開いた。

「早くそう言えばいいのに」

と高橋さんは言い、微妙な空気が流れた。しかし田舎なのでクラス替えがあるわけでもなく下手すると高校卒業までこのメンバーで過ごさなくてはならない。高橋さんには逆らえない雰囲気があった。

小学校には仲良し給食というものがあった。これは親も参加できるもので、一年から六年の生徒たちが自由に座って給食を食べた。自校方式の給食だったためメニューは比較的容易に変更がきき、今日は、佐々木さんが作ったキャベツが給食に使われています、とか二年生の子供たちが海岸でワカメを取ってきてくれたので、ワカメサラダが追加されました、とか放送が入るのだった。

海に行くと帰り道に富士山が見えることがあった。富士山が見えるとなんかいいことがあるとみんな信じている。先生はこの辺は遠州というがなぜ遠いかというと京都から見て近江は琵琶湖、遠江は浜名湖だからだよと教えてくれた。自分たちの住んでいるところは遠いと言われると何か変な気がした。富士山が見えるのだから真ん中な気がした。よほど曇っていない限り、たいていの時は富士山が見えた。

小学校は食育に力を入れていたし、私たちは小学校の敷地の一角に畑を持っていて、その野菜が給食に使われることもしょっちゅうあった。兎もたくさん飼っていた。みんなこんなに良い小学校はないと言い、給食日本一などと言われたこともあった。調理員さんたちは毎年始業式で先生たちと一緒に紹介され、昼には美味しい匂いが教室まで漂ってくる。たまに給食室を覗くと調理員さんたちが実に楽しそうに真ん中にお米の入ったおひつを出して自分たちのお昼休憩を取っているところを見かけたりした。日本一ということもあってか彼女たちは自分たちの仕事に本当に満足しているように見えた。それはまさに戦士の休息といった風であった。給食の入れものは必ず空っぽになって彼女たちの元に帰って来た。

食育の授業があって、親たちと一緒に豚汁を作ったり餅つきをしたりもした。野菜の歌というのもあり、みんなで歌いながら踊った。食育の授業である事件が起きた。楽しく授業が終わり、親と一緒に帰ろうとしていた時、たまたま通りかかった兎小屋でなにか違和感を感じた。明らかに兎の数が足りないのだ。

「ねえ兎いなくなってない？」

と私は聞いた。

「ほんとだ」

みんながそれに気づき騒ぎ始めた。先生たちがあわてて走ってきてどうしたのかと尋ねる。

「兎の数が足りないです」

我々はすでに目をきょろきょろさせてそのへんにいないか探し始める。

「みんなで手分けで探そう。生き物係は、朝は兎いたか覚えている？」

「わかりません」

と生き物係は三人ともわからないと言った。

全員いてもたってもいられず走り出す。着飾った母親たちもはきなれない靴で必死に兎たちを追いかけた。幸い逃げたばかりだったようであちこちで兎が見つかった。生き物係たちは兎が穴を掘って金網をくぐり、外へ出たことをつきとめた。

兎はだいたい校門のあたりで見つかった。戸惑ったように草むらに隠れているのが多かった。来客の多い日だったがきちんと門を閉めておいたことがよかったようだ。

鬼ごっこみたいに全員が必死で走り回ったことが面白かったし楽しかった。走るのがあまり好きじゃなかったのに中学で陸上部に入ったのは、そういう経験があったからかもしれない。

六年間を通じて相変わらず私の鬼率は高かったが少しずつ足は速くなった。といっても持久力がついただけなのかもしれない。本当か嘘かわからないが、短距離は訓練してもあまりタイムが縮まらないが長距離はやればやるほど縮まるということを聞いた。そこで私は運動クラブに入った。しかし相変わらず短距離は遅かったので中学では陸上部を選び、高飛びを練習した。高飛びは意外と得意だということに気がついた。ふわっと飛んで重力から解放され、そこから柔らかいマットに落ちていく時の空の色が好きだ。普段は絶対にこんな姿勢で空を見ることはないので、その色は特別な感じがする。もう一度見たくてまた助走して跳ぶ。もうやめなさいと言われるまで続けて跳ぶ。

小学校の時のメンバーは予想通りみんな同じ中学に進学したが、少し前から小学校はなくなるのではないかという噂が立っている。夏頃みんな教育実習の先生と仲良くなっていた。若い先生が少ない学校だったので、みんなその先生と限られた時間の中で距離を縮めようとしていた。先生は話しやすく、人気があった。少しだけ仲良くなった頃、

「私らの小学校、廃校になるかもしれない」

と誰かが言った。中学校の先生に言っても仕方ないで片付けられてしまうが、みんな誰かに言わずにはいられない気分だった。先生は経緯を一通り聞いてくれ、授業後なのにだいぶ長い間我々の話に付き合ってくれた。そして最後に
「とにかく、気持ちと財布は落とさずに」

と言ってくれた。

「おじさんくさいよ」

と誰かが笑い、みんな一斉に笑った。大人の中で親身に初めて話を聞いてくれる人が現れて、皆ちょっとホッとした顔をしている。我々は残り少なくなった日々を懸念して先生に手紙を書くことにした。先生はその頃
「君たちとは話しやすい」

とよく言っていた。

「私らも話しやすい」

と我々も反応した。そこから文通が始まった。

廃校となる理由は少子化による生徒の減少ということだった。親たちはすでに廃校を食いとめるべく署名運動を始めていた。ずいぶん長いことその活動は続いていた。

高校に入学してからも私はずっと先生と文通をしていた。他のみんなともしているものだと思っていたが、どうやら自分だけが先生と文通を続けているらしいとわかり、思わず莉子に聞いてしまった。

「どうしてだろう」

「先生は杏奈が好きなのかも」

と莉子は言うのだった。

「でもあんまり言わないほうがいいかもね。先生人気あったし」

私は先生との文通を止めることもできたが、廃校について話を聞いてくれる人がいなくなることはかなりこたえることだった。なんとかそれで自分の精神状態が保たれていると感じていたし、それがなくなることは廃校の次くらいに避けたいことだった。それに高校に入ってから私には新しい友達らしきものができなかった。最初は少し話したのだが、今や誰とも話すことはなくなった。もともと豆腐だったし、私と同様にクラスで誰ともつるまずひとりで静かに本を読んでいる人が何人かいたので取り立てて自分がいじめられているとも思わず過ごしていた。

莉子は私があまり周りの人と話さないのを気にしているようだ。莉子はクラスの人気者で、中学校の時は毎日のように遊んだが、高校になりクラスも離れ、部活も違うので今は時々話すだけになった。莉子と帰れる時は歩道橋で立ち止まって話した。歩道橋からの景色はこの学校の様子も、街の様子もよく見えて、二人とも気に入っている。

「少しは誰かと話した方がいいよ」

「だって一人の方が楽だもん」

「心配だなあ。友達作った方がいいら」

「じゃあ誰かと話してみるわ」

莉子のアドバイスに従い、話しかけるチャンスを探していると、ほどなくして私にもクラスの中に友達ができた。友達といっても私が一方的にそう思っているだけなのかもしれない。田中さんという、私の前の席に座っている女子だ。彼女はいじめられているというわけではないが、学校ではほとんど誰とも話さない。お弁当も一人で食べている。

中学校の時も一緒のクラスになったことのある田中さんとは帰る方向が一緒だった。最初は私がついて来ていると思ったみたいで、やや気色ばんだ様子で振り返ったりしていたが、何日かそれが続くと帰り道が一緒なのだからと納得したようで、彼女は普通に振り返らずに帰って行くようになった。存在をほぼ無視されている私は自分から積極的に話しかけた。彼女はあまり感情を表に出さないタイプでもっぱら私が一方的に話すのを黙って聞いていることが多かった。ごくたまに、私の話に声を立てて笑ったりしてくれると私は気分が上がってますます饒舌になった。そのうち莉子が塾で一緒に帰らない時は、一緒に帰ることも多くなった。

「家まで一緒に行っていい」

と聞くと、わずかに私の方を振り向いただけで何も言わなかったが嫌だとも言わなかったので、そのまま私はついて行った。田中さんがどんな家に住んでいるのか知りたかった。

門を入ると玄関のすぐ横にケージがあって、そこに小さな兎が真ん中にじっとしていた。白くてふわふわしている。

「小学校の兎が増えすぎたらしくて兎もらっちゃった」

「あーこれ小学校の兎か」

兎を見ていると

「うちへ入る?」

と彼女が言ったのでびっくりした。思わず

「いや、ここで大丈夫」

という謎の遠慮をしてしまった。

「エサやる?」

私は田中さんが次々と私に話しかけることに驚いていた。学校では話さないというか話せないのかもしれない。彼女もいじめられているというわけではないが、いつも教室では本を読んでいるか、同じく静かな友達と小さな声で話をしているという印象だ。頷くと彼女は家の中から包丁と人参を持って来てその辺にあった板の上で適当に刻んだ。

「はい」

と田中さんは私の手のひらの上に人参を乗せた。

「適当に、ケージに刺しておくと食べるから」と田中さんは教えてくれた。私が突き刺しておくと白い兎は両足飛びで近づいて来て、前足を添えて口を人参に近づけて食べた。

「あーかわいい」

と思わず私は言った。その間田中さんの顔にちらっと笑顔みたいなものが見えたような気がしたが、夏の川にいる小魚みたいに一瞬で見えなくなってしまったので、それは気のせいだったかもしれない。とにかく学校や通学路とは違い、家では田中さんはくつろいでいるように見えた。

「生き物好きなんだね」

私はだんだん周りにいるカメやザリガニやメダカなんかにも気がつきはじめた。水槽はよく手入れされていて、一つも濁ったものはなかった。

「うん」

「兎って散歩できるの」

と私が聞くと田中さんは

「できるかもしれんけど、ハーネスないと無理だよ」

「ハーネスって何」

「あの、洋服に紐ついてるみたいな」

「それかわいいね」

「こういう白い兎にボーダー柄とか可愛くない？」

田中さんは兎の前でしゃがみこんで前足を撫でている。

「確かに」

その時音楽とともに（五時になったので小学生は家に帰りましょう）という地区放送が入った。

「今日は、みなさんにとって、素晴らしい一日でしたか？　明るいうちに、安全に、家へ帰りましょう」と放送は続いた。私はそれを聞いて、今日が素晴らしい一日だったか？　と考えてみた。たぶん素晴らしい一日だ、と私は思った。しかし毎日この放送を聞いていると、素晴らしい一日を過ごせた日はそんなにないし、毎日素晴らしい一日を過ごすような、そんな人いるんだろうか？と疑問がわきあがってきて、一日の最後にそんなに難しい質問を投げかけないでほしいと思った。いや本当はすべてどんな日であれ素晴らしい一日であり、それに気が付かないのは鈍感な自分だけであるということなんだろうか？　そして私は隣にいる彼女に向って聞いた。

「また来ていい？」

田中さんの顔にまた喜んでいるような表情が水たまりに起きる漣《さざなみ》みたいに一瞬閃いた。

「いいよ」

「ありがと」

私は満面の笑顔でそれに答えた。


話せる人はできたがしばらくして私の状況はさらに悪化しているような気がした。どうやら先生とまだ文通していることが噂になっていた。誰かが家の郵便受けを見たらしい。高橋さんにはただ無視されているだけだと思っていたのだが掃除の時間には彼女が私の雑巾で誰かとキャッチボールをしていた。頭の上をふわふわと飛ぶ雑巾を自分はキャッチしようかどうしようかと悩んでいる。手を伸ばせば簡単に取れそうなのだが、なんとなくみんながそうするのに任せていた方がいいような気がした。それに雑巾がなければ掃除をしなくていい。かえって楽なのだと納得しようとする。

「それは完全にいじめじゃん、いじられてるとかそんなもんじゃないよ」

と莉子は言う。

「田中さんと喋ってるからいいよ」

あれからも何度か、誘われて田中さんの家に行っていた。兎にアニメのキャラクターの名前をつけて遊んだ。

睡蓮鉢のメダカを眺めながら、

「私って浮いてるかね」

と田中さんに聞くと
「浮いてるら。私も人のこと言えんけど」

と言った。真面目な顔に大きな黒い瞳が睡蓮鉢の水の揺らぎを黒目にしっかり写している。

「なんか杏奈ちゃんはさ」

その時初めて田中さんは私を下の名前で呼んだ。

「なんか輪郭線が違う感じがするんだよね。一人だけ雰囲気が違っててて。それがなんとなくどこにいても浮いて見える原因だと私は思った」

と田中さんは続けた。

「例えばそれは漫画家さんの絵の中に違う漫画家さんが描いたキャラが入っているような感じかね」

と私が聞くと
「そうそう。一人だけ違うタッチのキャラいるよって感じ」

「そりゃ浮くよね」

私も笑ってしまった。自分でも言うほど気にはしていなかった。それにこの状況は長くは続かないと自分に言い聞かせた。今年は受験生だ。いじめをしている人たちだって今はつるんでいるがもうじき別々の道を歩くことになる。私は莉子と同じ大学に行くことだけを目標に生きることにした。

莉子は塾があるのでなかなか一緒に帰れない。私は一人で歩道橋に登り、そこから高校を眺めたり、近くの小学校を眺めた。田中さんは偶然かあえて時間帯を外しているのか、しばらくの間ここで会うことがなかった。ここから落ちたらどうなるかな、と考えることもあったが考えただけでふわふわした。歩道橋を一段足で踏むだけでざわざわと身体中の毛穴が縮まる。一段踏んだり降りたりしていると歩道橋の脇にある小学校の汚いプールの水がキラキラと光って見えた。


流れが変わったような気がしたのは体育の授業の時だった。バスケットボールの試合形式でゲームを行っていたのだが、私のところにパスが飛んで来ることはまずないので、参加している体裁で前へ行ったり後ろへ行ったりみんなに合わせて走っているだけだった。体育の授業というのはそういう人間関係が結構わかる。だけど体育の先生はそれに気がつかないのかなんなのか、ボールに触れもしない私に対して何も言わない。一人いないような状態なのであっという間に点差は開き、予定よりも早く試合が終わってしまった。

「あと一ゲームやるほどの時間はないな」

と先生は言い、たまたま出しっぱなしにしてあったらしい高跳びのマットレスを見つけ
「時間終わるまで高跳びするか」

と言った。えーそんなのできないですよとみんながざわつく中、

「はさみ跳びでもいいから。できる人はベリーロールでも背面でもやってみて。まず九十センチから」

クラスの中でも私が陸上部だったことを覚えている人はほとんどいなかったし、大会で目覚ましい成績を残したわけではないが、やっていたから九十センチなんて楽勝だと思った。しかしみんなは踏み切りの足が合わなかったり恐怖のあまり減速したりして、次々とバーを落としていった。ついに私の番がきた。緩やかな軌道を描きながら走り、踏み切って背中からふわっとマットレスに沈む。懐かしい感触がした。ほおっというため息みたいな声が聞こえ、私はむくりと体を起こすと皆は驚いたように私を見ていた。

「なんだ、高木経験者か」

「はい」

「じゃあ跳べたものだけ、もう少し上げて行くか」

授業の残り時間は少なくなっている。九十五センチ、次は百センチだった。クラスで一番運動神経の良い由美と私だけが残った。百十センチは二人ともクリアした。由美は背面跳びではないので、はさみ跳びで飛ぶのは辛そうだった。

「百二十センチ」

と先生が言った時、ちょうどチャイムが鳴った。

「じゃあそこまで」

と先生は片付けを指示した。

「また今度跳び方教えて」

と私にだけ聞こえる声で由美がこっそり囁いて立ち去っていった。久しぶりに莉子以外の声が私の鼓膜を揺らした。

「めっちゃ綺麗に飛ぶじゃん、何あれ」

と皆が騒いでいる。

その後から、なんとなくクラスの空気が変わり、私に嫌なことを言って来る人はなくなった。バスケの時も普通にパスが回って来る。パスがくるとは思っていなかったので初めは不意のボールに突き指しそうになった。しかしもはや私には莉子と同じ大学へ行くという目標のためだけに学校へ行っていたので、そのほかのことはほとんど考えの中に入っていなかった。数日後しつこく誘ってくる由美とその取り巻きを断りきれず由美とまた高跳びを体育館でやり、私が勝った。勝ってしまったのでみんなが不快に思うのではとヒヤヒヤしたが、グループ招待するね、と言われて由美たちのライングループに入って今はそのグループで頻繁にやりとりしている。明るくて、運動好きの女子として振舞っている自分。

早く帰りたい、と急に思ってしまった。日本史の授業の真っ最中だった。帰りたい帰りたい帰りたいと頭の中がそればかりになり、自分を必死で椅子に止めようとしたが難しかった。

「先生」

気がつくと私は手を上げていた。

「なんですか」

気色ばむ先生。

「お腹が痛いので保健室に行ってもいいですか」

「わかった。誰か付き添いいるか？」

「大丈夫です。一人で行けます」

ガタンと椅子を引く音が教室中に響き渡る。振り向いて見ている人も何人かいた。高橋さんも穴があくほどこっちを見ている。私は素早くドアの外へ出た。誰とも目が合わないようにしながら。廊下へ出ると開放感からつい足取りが軽くなった。帰って何をするわけでもないが（多分私のことだから不安から勉強するのだろう）保健の先生のところへ行った。

「珍しい子が来たね」

と保健の先生は言った。確かに高校生になってからここへ来たのは初めてのことだった。莉子は貧血なのでしょっちゅう保健室に来ていて、いい先生だといつも言っている。

「どうしたー」

長い髪の毛を後ろで一つに束ね、シルバーの手の込んだバレッタで止めている。近くで見ても年齢不詳の先生はゆったりと私の顔を覗き込んだ。なんか、帰りたくなっちゃって、という言葉

をしまいこみ、

「お腹痛いです」

と私は言った。先生は私のお腹を押さえる。

「この辺？　この辺？」

正直言ってどこも痛くないので笑えてきたが我慢してその辺です、と適当に答える。

「生理前だからかなあ。周期は一定？」

「不安定です」

特にいじめられてからは。

「帰りたい？」

先生は私の気持ちが見えるかのように聞く。

「帰りたいです」

ちょっと早すぎたかな、というくらい食い気味に答えてしまう。

「一人で帰れそう？　親は仕事中だよね？」

「はい。一人で大丈夫です」

一旦教室に戻ると、持ち帰るカバンの中身をできるだけ軽くすべく机の中に教科書を押し込み、校舎の外へと向かう。

「大丈夫」と莉子からのメールが入ったのでびっくりする。情報が早い。授業中は携帯電源切っとかないと。とずる休みをしながら謎の正義感を発揮して私は呟く。

「うん。情緒不安定だから大丈夫」

「ふざけてるらー」

「気をつけて帰ってね。また連絡する」

教科書は机に置いてきちゃったから、とりあえず参考書とか赤本で勉強しよう。

歩道橋を今日は急いで渡り本屋の横を抜けてしばらく歩くと駅前に出た。昼間の駅前は働いている人で忙しそうだった。私も卒業して、大学を出たら、この人たちの群れに入るのかな、と思いながら眺めたが、どうもその想像はうまくいかなかった。自分はどこまで言っても適切な場所を見出せないか、どこからも排除されているような気がした。

本当にお腹痛くなってきたわ、と呟いたがバス停のベンチにはおばあさんが座っているのみで、何も言わなかった。

「若い人は元気でいいねえ」

と突然おばあさんが口を開いたのでびっくりした。私は振り返って曖昧に笑う。

「わしらの若い頃はすぐ結婚して子育てしてそれだけだったけど今の人らは色々できるで」

「そうですね」

と言った私の口調には全く魂がこもっていない。自分がなんでもできるなんて、到底思えなかった。十年後、私は二十八か。結婚して子供とかいるのかな。

「わしは九十二になるけど、長いこと生きているといろいろある。面白いこともたくさんあったやあ。まあこうして長くなるともう生きてるのも飽きて来たで、もういつ迎えが来てもいい」

「今日はお出かけですか」

「お出かけならええが骨折して病院通いだでいやんなっちゃう。こんなところにねじ釘を打たれて」

とおばあさんは自分の大腿骨のあたりを眺めた。

それから飴玉か何かを探している風に巾着袋をごそごそとかき回していたがどうやら目的とするものは見つからなかったみたいだった。

「来た」

と言い軽く会釈をして思ったよりすっくりと立ち上がり、私とは違うバスに乗っていった。おばあさんが席に座ってもずっとお辞儀をしているので、私も出発までずっとおばあさんに向かってペコペコと頭を下げた。バスが行ってしまうと、お腹の痛みは治まっていた。少しだけ自分と外の空気が馴染んだような気がした。

私が高飛びを飛んだ後、少しだけクラスの空気が変わり、これでいじめとかなくなったのかなあと楽観的に考えていた。しばらくすると田中さんがキモいと言われるようになった。アニメ好きだからだそうだ。彼女を気持ち悪いと言い出したのは誰かわからないけれど、もともと静かで何を言われても気にしていないように見えた。

昼休み、スポーツ系女子を演じる元気がない時は、莉子とご飯を食べている。

「いじめって、なくならんのかねえ」

「無理だら」

と莉子は遠州弁で答えた。

「この間さ、グループで田中さんキモいみたいな話になって、そう思うよね、って言われて何も言えなかった。しかもそん時私らの手の届きそうな位置に田中さんがいて聞こえてたと思う。私もいじめる側に入っちゃった」

「んー私もその状況ならそうなっちゃうかもしれんよ」

莉子はそうはならない、と私は思った。周りの空気を読まずにえーそうかな、私はそう思わないけど、ってさらっと言えるのが莉子なのだ。

その日も自己嫌悪にまみれながら歩道橋を歩く。イヤホン越しに遠くから小学生たちのはしゃぐ声が聞こえている。その時私の後ろを田中さんが通った。

「ずるいら」

「え」

私は振り返って彼女を見る。田中さんはちらっとこちらを見た。

「今なんか言った?」

「いやあの」

今のは空耳だったのか、本当に彼女が言ったことかわからない。しばらく二人で見つめあった。田中さんは目をそらし、歩道橋を降りていく。もううちに来る？　と聞いてくれることはない。

私も莉子も同じ大学に進み静岡市に住むことになり県内を東に移動した。富士山はより大きく見えるようになった。莉子はすぐに彼氏ができ、自分はまたしても一人かと思っていたが初めて彼氏ができた。サークルに入ってすぐに連絡先を交換し、しばらくしたら授業の後にさーっと走ってきて、

「付き合ってください」

と告白された。最初は何事かわからず、前後左右の人を見渡してようやく自分に告白してくれたのだと思った。次の日にはもうサークルの中では公認の二人となり、あまり考えることなく付き合い始めた。まだよくわからないし、とりあえずデートしたりしながら決めることにした。自分なんかに興味を持ってくれるなんて、と時々彼氏が変人に思える時がある。アルバイトも始めた。時間はたっぷりあると思っていたが、彼氏と付き合い出すと時間が急になくなってきたような気がした。休みのたびに遊びに行くのは普通なのかもしれないが、自分にとってはなんとなくおかしかった。自分は家で本を読んだり映画を観たり絵を描いたりしているのが正解だとどこかで思っている。

急に明るいキャラになったじゃん、と心の中の誰かが私にツッコミを入れている。莉子といる

ときは時間について考えないのに、彼氏といるとなぜこんなに時間が気になるのかわからない。退屈させているのではないかと思う。付き合い始めてからはさらに約束の頻度が高くなり、毎日のようにラインや電話がくる。

「今日はバイト休んじゃいなよ」

と腕枕をしながら彼氏は言った。なんとも言えない安心感の中でも時々高校生の時に感じたようなあの逃げ出したい感じというのは彼氏に対しても常にあって、好きなのかなんなのかよくわからなくなってくる。

「あーうん」

彼氏は私が電話をかけるのを待っているみたいだ。社会性がやや欠如している私と違って、彼は特に周りに対する目配りがしっかりしている。しっかりしすぎていて怖いのかもしれない。話の内容から矛盾点をついてきたりもするので、この人には嘘をつけないなあと思うことが頻繁にある。多分頭が良いのだろう。このままここにいたいのか、バイトに行きたいのか曖昧な気分のまま電話をかける。あーはい。体調不良で。ちょっと風邪気味なんで休みます。嘘はスラスラと出て来て怖いくらいだ。向こうも何人もいるアルバイトの一人が休んだからといって動ずるわけでもなく、明日はこれそう？　お大事にねとあっさり電話が切れる。

「あーこれでやっと安心したわ」

と彼は笑い、また私を抱きしめる。毛布に熱がこもる。空気がひどく淀んでいる。

「コーヒーが飲みたい」

「わかった」

と彼は飛び起きて冷蔵庫に行く。一瞬空気が冷たく感じ、ようやく私は起き上がる。

彼が持ってきたコーヒーは苦くて、震えるくらいだ。飲み終わると櫛を持って来て私の髪を梳かしてくれた。まだ二人でいることに慣れない。

「今度の旅行はどこ行こうか」

我々は旅行研究会というサークルに所属していた。彼は四年生で、私は一年だから三歳違うのか、と当たり前のことを朦朧とした頭で考えた。四年生は就職活動で忙しいんじゃないの、と聞くと
「もうとっくに内定出てるし。え、バカにしてんの」

と軽く不機嫌な感じになる。自分は他人に興味がなさすぎるのだ、と反省する。

「そうだよね。ごめん」

彼は私と付き合う前からすでに決まっていたというその会社の名前を告げた。東京に本社のある会社だった。これから先の未来を考えたがうまくいかなかった。遠距離になったりするのかなと漠然と考える。

「別にいいよ、それよりもどこ行く」

彼は私には完璧すぎる。旅行の計画も完璧に練ってくれる。ますます頭が朦朧としてくる。大体の計画は私が口を挟まなくてもできていった。次のサークルの旅行の計画は一年が出すことになっていたが、ほとんど彼が考えてくれた。

「もう帰ろうかな」

と言うと

「せっかくバイト休んだのに」

と言ったが途中まで自転車で送ってくれ、私は昼間から何をするでもなく自分の部屋にいる。確かにバイトに行けばよかったのかもしれない。私はいつもこうだ。自分で選択しては選択しなかった方を選んだらどうだっただろうと、選ばなかった方を考えてはくよくよしている。久しぶりに莉子に会いたくなり電話をしたが出なかった。多分バイト中だろう、と私は考えた。彼女はいつも有意義に時間を使っている。

いつの間にか寝てしまっていた。この上もなく無駄な時間の過ごし方。気持ちが悪いような、寝過ぎた後のモヤモヤしただるさを感じる。起きたら莉子からメールが来ていた。読んでみるとこのあと飲みに行こうということだった。私は喜んで洋服を選び始めた。

莉子はどこにいても目立つのですっと見つけられる。そこだけ光が当たっているみたいだ。東に移動したので我々は昔ほど遠州弁を使わなくなったが二人だけの時はら一ら一言ってしまうことが多い。この辺はあまり語尾にらーとかだらーとかつけないらしい。

「杏奈の彼氏はどうなった」

「今日も会ってきたけど」

「なんか嬉しそうではないねえ」

と莉子はからかうように言う。

「すぐに嫌になりそうな気がする」

「ははは」

と莉子は高笑いする。公園でブランコに乗っていた時のことをふと思い出した。

「高校生の時公園でカップル見たよね、どうしてるかな」

「うわ懐かしい」

「次帰省する時いってみるか」

「うん」

「なんかうちらの小学校廃校になるらしいよ」

「そっか」

いよいよきた、という言葉が頭をよぎった。莉子は
「思い出がなくなる」

と言いながらビールを飲んだ。私は歩道橋からの景色や学校の保健室や体育館を思い出した。

「あまりいい思い出ばかりでもないけど、なくなるのはやだな」

「どんな感じ？」

「なんかみかんの終わりって感じ」

「なにそれ」

「みかんって冬の間すごく美味しく食べてるけど、ある時期が来ると急に美味しくなくなって、ああみかんの季節終わったなって思う瞬間あるじゃん、廃校もそんな感じ。しょんないっていうか」

「しょんないね」

莉子は嬉しそうに言う。

「しょんないらー」

「もう会いたくないかもしれないけどまた富田とかとも喋りたいら」

「うーん微妙だに」

私達は笑った。

「髪の毛切ったらー」

「うん」

と私。あまり自分では気に入っていない。いままでにないくらい長くして毎日いろいろ巻いたり結んだりアレンジしたりしようと思っていたのに、彼氏が切った方がいいよと言うのでこの間美容院で切ってしまった。嫌われたくない自分が出ているみたいだ。別に嫌われたっていいのに。

「似合っているよ」

と莉子は二重の瞳をさらに濃くして私をじっと見ながら言う。

「嫌われたくないもんで」

と莉子には本当のことを言ってみた。

「似合ってるけど長くしたいなら別に彼氏の言うことなんてきかんでも」

「明らかに自分の意見が通らんと不機嫌になるで」

「そんな感じに見えんかったけどな」

「うん」

「そう言えば高橋さんち引越しするらしいよ」

雑巾を投げられていた光景を思い出す。それを聞いても何の感情も起こらなかった。

「へぇえ」

「お父さんの仕事の都合かなんかかねえ」

「そうだら。知らんけど」

まあ、もう我々には関係ないか、と莉子は言い、ハイボールください、と声を張り上げた。なんとなくそれから温泉行こうという話になって次の日の予約をなんとか取れた。行先は伊豆だ。大学から近いのだからもっと頻繁に行けばよかった。三島駅から伊豆箱根鉄道に乗り、そこからバスに乗った。

「なんか、トンボロ現象っていうのが、見られるらしいよーと莉子が言い、トンボロ？　とオウム返しすると莉子は私の靴を確認し、スニーカーだね、なら大丈夫とにっこりした。私は横で早速それを検索した。干潮の時だけ島に渡れると書いてある。

「島へー」

と私は喜んだ。

「島へー」

と莉子も繰り返した。生き物が好きだから、足元を見ているだけで満潮になったりして。そんなことはないらー、などと言いながら旅館へ入り荷物をおくとあわただしく下りていく。島への道が見えるとわーと声が出た。

「うそみたいに人が歩いてるね」

私たちも普段道ではない道を歩く。いつの間にか腕を組んでいた。足元は少しゴリゴリしていたりぬるぬるしたりした。

「あ、ナマコ」

と私は言った。

「あ、カイメン」

と莉子も言った。歩くごとにいろんな生き物が気になってしゃがみこみ、なかなか前に進まない。いちいち写真に収める。

夕飯には桜エビのかき揚げが出た。それは莉子の顔より大きかった。なんだがすごい贅沢をしている気がして、露天風呂にも何回も入った。お酒を飲みだすともう入っちゃダメと莉子が言うのでそれからはお酒をずっと飲んでいろんな話をした。さっき見つけたヒトデ、アカクモヒトデだって、ちょっと変わってるよねと言いながらメモを取っている莉子がそんな時まで几帳面でまじめでクスクス笑ってしまった。絶対にまた来ようと約束する。


次の日起きると頭が痛かったが大学へ行った。顔もむくんでいるような気もする。今日はバイトにも行かなくてはならない。私の彼氏は体育館で元気にバスケをしていた。当て付けみたいに大きな音でドリブルをしている。私は今日また彼氏の都合によりアルバイトを休まされるところだったが断った。すると彼は明らかに口をへの字に結びあまりしゃべらなくなった。納得がいかないのだろう。彼は私が自分の考えた通りに動かないのが多分許せないのだ。そんな男とは早く別れなくてはならない。そう考えると少しだけ胸が痛くなった。

とはいえ別に仕事熱心というわけではなくアルバイトは結構転々としている。莉子以外の女の子は大概少なからず意地悪なところがあるような気がした。アイスクリーム屋で働いているが、えんじ色でボックスプリーツのミニスカートの制服をさらに短くして休憩所でタバコをふかしたり顔にけばけばしいメークを施している女の先輩が怖く、お立ち台みたいな台に乗ってアイスをすくう時も先輩に遠慮して端っこに立っていると落ちそうになった。アイスクリームは固いものもありうまくすくえない。ミニスカートにポロシャツという新人のアイドルみたいな格好もあまり気に入ってはいない。だが制服があれば私服を考えなくてもいいし楽なのかもしれないと自分を納得させた。アイスは夏の間飛ぶように売れ、幅の狭い台の上に四、五人乗っていることも珍しくはなかった。

「あとちょっとで落ちそうだー」

と小さい声で呟いた。

「今日、顔むくんでない？」

と先輩。

「ちょっと飲み過ぎてしまって」

と私。

「アイラインぐらい引いたほうがいいよ」

と先輩。

「はい」

「ここは見た目大事だから」

まだ一ヶ月しか経っていないが逃げ出したい気持ちでいてもたってもいられなくなった。店長をつかまえて今月いっぱいで辞めたいと言うと

「いいけど、そんなことじゃどこへ行っても続かないよ。不満のない仕事なんてないんだから」

と言いながらも制服の返却方法などを教えてくれた。私はミニスカートの制服をクリーニングに出し、言われたとおり郵送で返却した。


また彼氏が私の予定のある日に会おうと言って来た。どうもタイミングが悪い。私が会えないと言ったら黙り込んだ。以前は嫌われたくなくて一生懸命バイトを休んだりして合わせていたが、もうそれもやめた。少しずつ二人でなく一人の時間がまた増えて来た。私はそんな時よく歩道橋を歩いた。高校生の時に歩いた歩道橋とは少し違うけれど、そこから見える景色は似ているので気に入っている。夜になるとじゃんじゃん携帯が鳴るのでバッグを探って電源を切った。怒っている彼氏の顔が目に浮かんだが今は眠りたかった。

大学の学食で捕まって一緒にご飯を食べてから部屋に行った。彼氏といるとなんでこんなに空気が密になるのだろう。暑くて重たい。一緒に寝ているからだけではない。徐々に重たくなって私を押しつぶす。

「来週どこかに行こうか」

「うーん」

「あんまり乗り気じゃないみたいだね」

「バイトもあるし」

「休めば。バイトなんだし」

「考えとく」

「私の実家の近くに歩道橋があってね、飛び降りたい気持ちになるとそこへ行ってた」

「それってどう思う」

と私。

「いやそこにいたら絶対に止めるわ」

「でもそのふわふわした感じが好きだった」

私がいきなり飛び降りたりしたら彼氏はどうするだろう。ムッとして黙り込むような気がする。彼は自分が理解できないことを私がすることが許せないのだ。


卒業して、莉子も私も大学の時とは違う男性を選んで結婚し、かなりの年月が流れた。莉子はバスで二時間ほどかけていかなくてはならないところに嫁いだが、しょっちゅう子供を連れて実家に帰っているらしい。久しぶりの同窓会で再会することになった。私は妊娠していた。同窓会といっても閉校式典があるので式典に参加した後、久しぶりなので集まろうということだった。

我々はもうこれからは永久に新入生が入ることのない学校を訪れた。いろんな飾り付けをしたりして、卒業式みたいになっているのかと思ったが、そういうわけではなかった。学校はいろんなものが持ち去られ、ガランとしていた。体操部が県大会で優勝した時のトロフィーや野球部の優勝旗などはそのままで、逆に寂しい感じがした。我々の畑はすでに温室もボロボロになり、中には雑草がぼうぼうに生い茂っていた。

「なんでも好きなものを持っていっていいぞ」

といつの間にか現れた先生が言った。私たちが卒業するときは一番若い先生だったが、もうすっかり恰幅の良いおじさんに変身している。

「え、いいんですか」

と莉子が温室をカメラに収めながら言う。

「もういろんな学校の先生たちが必要なものを持ってって、あとはこの校舎とともに壊されちゃうから、本当になんでも持っていってほしい」

と先生は元兎小屋のあたりを眺めながら言った。

「部室とか、見ていいですか」

「鍵は開いてるから、自由に入っていい。ただ何もないかもしれない」

昔は我々と話すときにもらーらーと方言でしゃべっていた先生が標準語で話しているので何か変な気がした。

「ありがとうございます」

と我々は言った。そんなにすぐには帰りたくなかったし、ほしいものがなかったとしても何か一つ記念になるようなものを持って帰りたかった。匂いとか雰囲気だけでも全ての教室に入って確認したい気分だ。

パタパタと履きなれないスリッパを引きずりながら校舎の中を歩き回った。昔は上履きで軽やかに走り回った廊下を、我々はゆっくりとパトロールして回った。理科室では標本がほとんどそのまま残っていた。

「こういうのって、よその学校でも大体持っているし必要ないのかなあ」

「一番いらんかもしれん」

「あ、でもこの引き出しの中の石の標本綺麗だら」

「本当だ」

莉子が開けた引き出しには水晶や金雲母、角閃石や長石などというタグがついた石のサンプルが綺麗に並べられていた。

「これもらおう」

私たちは石サンプルの中から紫水晶を二つ選んだ。

家庭科室には鍋やヤカンもそのままになっている。放送室に入ったとき誰かの気配がして振り返ると、音もなく田中さんが現れて立っていた。

「久しぶり」

と莉子は声をかける。私は声がかすれて出てこない。田中さんは小さな声で
「こんにちは」

と言った。田中さんの声ではないと思ったら、田中さんが連れている小さな子供の声だった。

「お子さんがいるんだ」

と莉子は笑いながら近づいて行く。近づいて行くと子供は三人いた。

「三人いるんだね」

と私が驚きながら言うと
「まあね」

と田中さんはニヤリと笑った。なんとなくそこから一緒に回った。放送室には何かの仮装の時のお面がそのまんま残っていた。

「なんかこういうものだけはしっかり残っているんだね」

と田中さんは言った。本人がいないのに、顔から外されたそれは余計にそれをかぶっていた人のことを思い出させる。いろんな箱を開けたり閉めたりしてなんだか放送室を出た。放送室の横に大きな鏡があり、いつもそこを通る時には怖かったことを思い出した。その鏡を見ながら軽く服を直した。鏡には反対側の校舎が写っていたがそこにはもう誰の姿も映り込むことはなかった。

私たちはそのあと技術家庭科室に入り、田中さんは裁縫ばさみを、私は小さいねじ回しをもらうことにした。莉子は下糸を巻くボビンが欲しいと言っていたが、残念ながら全ての引き出しを探ってもそれは見つからなかった。

私たちはパタンパタンと大きくスリッパの音を立てながらようやく下駄箱にたどり着き、自分の靴を履いた。もうこれで学校に入ることはないと思うとまだ足りないような気がしたが、紫水晶を握りしめて、これがあるしと言い聞かせる。元兎小屋の前に来たが兎は一匹もおらずここもガランとしていた。

「兎まだ飼ってるの」

と田中さんに聞くと
「もう全部死んじゃった」

と子供たちに聞こえないよう小声で教えてくれた。グラウンドに出ると男子も女子も集まっていたが誰が誰だかはっきりとはわからない。みんなだいぶ変わってしまっていた。名前を確認しながらタイムカプセルの周りに集まった。確かこの辺だったよね、と先生が言い、私たちもあやふやながら頷く。黒い揚羽蝶が私たちを見守るようにひらひらと飛んでいる。


それから男子たちが入れ替わり立ち替わりスコップを持ち土を掘った。こんなに深く埋めた覚えはないなあとみんな笑っている。地面からすぐのところに埋めたはずのそれは、なかなか出てこなかった。すると先生が、

「みんなが埋めた場所はあまりに浅すぎると思って、そういえば後から埋め直した」

と言い出した。みんな一斉にざわつく。

「場所は同じ場所ですよね」

「同じだと思うけど」

それからカツンという音がして、タイムカプセルの缶が出てきた。ちょっとその場で読む勇気はなかったのでそれをカバンに入れた。すぐさま開けてみている人がほとんどだった。笑いながら見せ合ったりもしている。

田中さんは母らしい顔をして子供たちの世話を焼いていた。私とももう普通に話してくれた。お互い高校生の時のことはあまり話さなかった。

「ちょっとあっちで座らん」

と莉子が気を遣う。

「いいよ」

子供たちが汗だくなのでジュースを買って我々も一緒に兎小屋の方まで行って飲んだ。飲み終わってタイムカプセルの場所に戻ってみるとそこにはもう誰もいなかった。

「あれー」

「先生いますか」

「どこー」

「これって夢じゃないよね」

まるでさっきまでのことが夢だったように穴も埋められ、あたりはしんとしていた。

同窓会までには時間があるのでとりあえず公園行ってみるか、と莉子が言い、私たちは恐る恐る遊具に近づいていく。田中さんは子供たちがごねだしたので先に帰った。

「昔早く帰りなさいって怒られたことあったらー」

「今乗ったら違う意味でおまわりさんに怒られそうだらー」

と莉子は笑う。

「大丈夫だら。莉子は大学生くらいに見えるし」

「それはないら」

と莉子は笑う。

誰も見ていなさそうなので私たちはブランコに乗った。風を切り、私たちは再び空を蹴り上げようとしている。

「妊婦さんはほどほどに」

と莉子が言い、今まで散々我慢してきたのだから今日くらい良いだろうと思ったが地面に近いところをふわふわするだけにとどめることにした。交番を覗き込むと中には人がおらずドアも閉まっている。少しだけ心配になったのでバスに乗る前にトイレに行った。ようやく妊娠できたのだし、あまり動き回るとよくないと病院では言われている。まだ四ヶ月目に入ったばかりで外見的にはあまり目立たない。少し出血しているのを確認し気が塞いだが、久しぶりに莉子と遊んでいるのだし帰りのバスは座っているだけだからいいだろうと思った。

「お待たせ」

「なんか顔暗くない」

相変わらず鋭い。

「ちょい貧血」

「帰ろっか」

「うん」

私は莉子に老人のように手をとって立たせてもらう。

バス停にいる間お腹が張るような気がしたがあまり気にしても仕方がない。この場所でおばあさんに会ったことを思い出した。

「高校の時早退してバス待っている時おばあさんに会ってね」

と私は莉子に以前のことを話した。話している途中でバスが来たので乗り込んで座席に座りながら続きを話した。徐々に周りは暗くなり、明かりがつき始めた。街灯が私たちの周りを飛びすぎて行く。同窓会は同級生がやっている店だった。飲めなかったがまたジュースを飲んで喋って時間を過ごした。八時ころ心配した夫から電話があり、莉子を残して帰ることにした。

「もう帰っちゃうの」

とみんなは言ってくれたがまたこの店で会うことを約束して帰ることにした。家に帰ってからやっぱりお腹が痛くなり、夫に叱られながら病院に向かった。病院に行く途中夫の車の中でシートを倒して寝ながら進んで行くと、いろんな光の渦に巻かれ、暗い川の中を流れて行くようだった。

「大丈夫?」

と夫が聞いた。

「うん」

と私は答えた。相変わらず、二十年以上も経ったのに、私は豆腐かもしれない。


またしばらくして実家の近くで偶然会った時莉子が
「私病気かもしれん」

と言った。

「え」

「結構やばいやつ」

「え」

「でも多分手術すれば治るやつだから」

「え」

「さっきからえ、しか言ってないよ」

頭の中が空白になる。莉子に抱きついて、しばらく泣いた。実家のそばの病院にした、と莉子は言った。莉子は泣いていなかった。そのすぐ後、なぜか小学校の方に足を運んだ。莉子は今ちょっと泣くわ、と言って元グラウンドの隅の、今はない鉄棒の前で泣いていた。私は元兎小屋の前のあたりで泣いていた。嘘みたいにすっきりと晴れたいい天気だった。富士山が遠くに小さく見えた。富士山が見えたのだから多分大丈夫だと私は思った。その後も一回莉子が小学校の跡地にいるのを見たことがあった。遠くからなので莉子かどうかはっきりしないが、多分そうだ。また泣いてるみたいに見えた。しばらくしてお互い子供を連れて郊外の大きなスーパーで会った時、あん時なんで泣いてたの?と聞いて見たけれど、えー見てたのか。内緒ーと笑って逃げて行ってしまった。

誰かに愚痴をこぼしたい、と莉子はそのあと電話で話した。

「でも重たい話かもしれないから、メールでもいい?」

「いつでもいいよ。どんな話でもいい」

「返事に困るかもしれないから、了解、だけでいいから。そしたら読んでくれたってわかるし」

「うんわかった」

その日からほとんど毎日、メールが届いた。

(夜になると怖いのでなかなか眠れない。それでやっと寝たと思うと口の中を思いっきり噛みながら寝てたりする。朝口の中が痛いと思うと赤とか紫に歯型がついてる。多分この後口内炎になるのかなと思うとさらに落ち込む)

（了解）

（最近子供の小さい時のことをよく思い出すよ。お座りがやっとできるようになったくらいの小さい子が座って何か夢中でしている時の後ろ姿ってなんであんな可愛いんだろう。首筋と、そこからぷっくりしたほっぺたが見えて。手首も足首も輪ゴムはめたみたいにむちむちしてくびれがあった。子供を抱きしめるとすごく頭からいい匂いがする。たまに汗臭い時もあるけど、あの赤ちゃんから子供の一時期だけのあの匂いは特別だと思う。私が子供が大事にしていた人形の並び方を勝手に変えた時も怒り方が可愛かったな。髪の毛を逆立てて、目を大きくして、怒っているというよりも興奮した感じで私を見て、「あなたー」って言った。お母さんじゃなくて、あなたってところが面白いと思った）

（了解）

（大学時代、一緒に歩いた坂道を最近よく夢で見る。杏奈と一緒にマーケティングだったか何の授業だったか、商店街にインタビューをしに行っている夢。それで一緒に帰ろうって私が言うんだけど、杏奈は渋々みたいな感じで私についてきて、それから私こっち方向だからって行ってくるんと背を向けて早足で駅の方に消えちゃって、私一人が坂道に取り残される夢見た。夢ながらひどいと思った。寂しかった）

（了解）

（この間、梅酒作った。とりあえず三ヶ月したら飲めるらしいし、そんくらいは自分も大丈夫だろうと思って。できればたくさん寝かせて飲みたいけどね。初めて作ったんだけど、梅を綺麗にしなくちゃいけないんだね。竹串でヘタを取ってお掃除する。そのあとの穴をガーゼとか布巾とかで拭くんだけど、そのとき不意に赤ちゃんのときこんな風におへそ掃除してたなって思い出しちゃって。もう中学生にもなるのに。不意に。そんな記憶って不思議といつまでも手が覚えているのかもしれないね）

（了解）

（死神に肩叩かれたみたいですごく嫌だ。まだ私の番じゃないと思う。こっちくるの早すぎるよって言ってやりたい。とりあえずしばらく、もうしばらく待ってとお願いしたい）

（了解）

（私たちって大体どうしようもないことがあると、しょんないら。と言って諦めていたけど、今回ばかりはしょんないらーでは解決しないらしい）

（了解）

（大丈夫？　って聞かれると腹たつ。大丈夫かどうかなんて自分でもわからんし）

（了解）

（私が手術する一週間くらい前、旦那が子供のバレーボールの試合見にいった。一緒に行くかどうかも聞いてくれなかった）

（了解）

（上司に報告したとき、自分たちだっていつどうなるかわからないんだからって慰める風に言ってきたけど、上司のどうなるかと私のどうなるかは全然違う。わかってないと思った）

（了解）

（犬を飼ってみたいんだけど、自分はなんか飼っちゃいけないような気がする。でも家族は飼うっていいなあと言っている）

（了解）

ある晩夢を見た。よく莉子と行った場所によく似ているがどこだったか思い出せない。ただの広場だが小さな家の隣にありそこはもう車が通らないので安全でよく遊んでいた。そこで射的をしている私たちが浮かんできた。あれは確か、地域の祭りで広場に出店が出ていた時だ。怪獣やウルトラマンや仮面ライダーのソフビ人形を的にして、みんな真剣に輪ゴムと割り箸の鉄砲で景品を当てにくる。

ヒーローは大抵スマートで不安定な状態で立っているので、輪ゴムがちょっと触れればすぐに倒れる。しかし安定感のある怪獣系の人形はなかなか倒れない。中でも重心が低く足がほとんど真っ平らなやつはいくらお金をつぎ込んで輪ゴムを当てても倒れることはなかった。

「これは出しちゃいかんよー」

子供たちがクレームを言う。

「ヒヒヒヒ」

店の人は笑う。

「悪徳だー」

「じゃーこれはやめとく?」

店の人は人形を下げようとする。

「あーだめ。もう一回やってみる」

子供たちは懲りずにペタンコ足の怪獣に挑み続け、お小遣いが尽きるまで夢中にそれをやり続けた。


不幸の連絡は不意に訪れた。とりあえず彼女の家に走った。家に行っても莉子が出てこず旦那さんしかいないことが納得いかない。莉子のうちを出た後、帰り道がわからなくなってしまった。気がつくと、小さなバッグの中には携帯が入っていなかったので自分の現在地を調べることもできない。

バスを乗り継ぎ、自宅に帰ろうとしたところまでは大丈夫だったと思う。ふと思いついて海へ向かった。海なら大声を出して泣いても大丈夫だと思った。飲み屋と家が交互に並んでいる。海に行くまで切れ目なく家が並んでいたはずなのだが、そのうちの何軒かは更地になっていて、元がどんな建物だったのか一切思い出せない。しばらくこの辺を歩かなかったことで風景が一変しているうことに気がついた。歩いて行くうち海の匂いが強くなった。夜でも穏やかだが波が打ち寄せて白く泡立つのが見えてきた。

陸上部の時はこの砂浜を走るトレーニングがあった。バスケ部だった莉子も走っていた。あの頃の運動部はほとんどが浜を走った。遠州灘の長い水平線を走るのは気持ちよくもあったが、砂に足を取られて非常に走りづらかった。しかし筋力がつくといわれていたので週に三回は海に来た。筋肉がついてふくらはぎが太くなりそうで嫌だったし、走った後では髪がベタベタになるのも嫌だった。

このまま堤防沿いをずっと歩いていけばまたバス停に着くはずだった。しかしその日は考え事をしていたせいか、おそらく降りるべき階段を下りずにそのまま行ってしまったのだろう。行方不明の人を探しています、と言う地区放送が入った。このまま迷子になれば自分も探されてしまうかもしれない。

私が夢の中で見た風景の場所があったはずだ。そこまで行ってから帰ろうと思っているだけだ。とはいえあたりは暗くなり始めており、あのお祭りの時の空き地に行けるかわからない。それに、行ったところで何もないことは確かなのだが。どうしても行かずにはいられなかった。仮にそんな場所を見つけたとしても、過去に戻れるわけでもないのだが。

この間だって、自分の落としたイヤリングを探すために堤防沿いを何回も歩いた。高いものではないが、諦めきれずになんども歩いた。ふと思いついてイヤリングを外して上着のポケットに入れた。するとないと思っていた携帯が出てきた。急いで夫に連絡を入れるために電源を入れた。最近記憶が怪しいから、行方不明になったと思われたかもしれない。その時ふと莉子からのメールに気がついた。だいぶ前に来ていたらしい。

（実はあの時泣いていたのは、授業参観で感動したからなのよ。辛くて泣いていたとか、そういうんじゃなくて。とはいえ自分の子供の感動したわけじゃなくて、誰かのお子さんが言ったことで感動した。あの日は理科の授業だったかな。先生が生徒を班に分けてクイズに答えられたら点数をもらえるっていうゲームかなんかをやっていたんだよね。それでそのうちに点差が開いてきて、一つの班はもうどうやっても勝てないみたいな雰囲気になって、まあどうせ無理だろみたいなことを誰もが思い始めた。保護者でさえこの後一回くらい答えられたらラッキーくらいに思っていた。

その時誰かが「まだチャンスあるよ」ってその班に言ったのね。私はびっくりして鞄を落としそうになった。あ、そうか、まだチャンスあるんだ、諦めちゃいけないんだと思ったらなんか泣けてきて、病院に行った後、実家の近くの小学校の跡地に行って思い出して、兎小屋の前で泣いてた。本当にあの言葉には勇気付けられた。手術をした時、何回かこれで死んでしまうかもしれない、このまま目を覚まさないかもしれないと思った。でもこれまで無事に乗り越えられたのはあの言葉があったからかもしれない。また全部終わったら温泉行くか）

知らないうちに泣いていたらしい。気がつくとだいぶ海からは離れ、高校の時いつも歩いていた歩道橋の上にいた。結局空き地は見つからない。ここは通学でいつも歩いていたところだ。以前はここから飛び降りたらどうなるんだろうかと考えたりもした。じっと歩道橋の上から取り壊しを待っている小学校のプールを眺めていると、そこに吸い込まれそうになった。

この歩道橋は小学校の側にせり出しており、うまくいけばプールの中に着水できそうだ。しかししばらく使われておらず水が溜まりっぱなしのプールの水は緑色に藻が生えており、着水したとしても悲惨な姿になりそうだった。

「まだ早い」

と言ってくれた莉子の声が聞こえたような気がした。思わずあたりは見渡したが誰もいない。

「空耳か」

イヤホンをつけながら歩くのも昔のままだ。でも今ここには莉子はいない。

「豆腐のくせに、まだ生き延びてる」

と私はつぶやいた。

「豆腐だから、じゃない?」

という田中さんの声が聞こえてきて思わず後ろを振り返ったが、そこには夕焼けの始まりの薄オレンジの雲がうっすらとかかっているだけだった。

その夜学校の夢を見た。我々の小学校は大人たちが変装するという奇妙な習慣があり、先生たちがリレーで走っている。当時の体育の先生は白鳥の格好をしている。どこからこんなものを借りてくるのだろう。丁寧に顔まで白に塗っている。しかも羽が大きくて風圧がかなりきついというのに、トップを走っている。それから次は数学の先生が保育園児の格好をして走っている。閉校してからはこんな慣例はなくなってしまったらしいが。地域密着型で、運動会は地域行事のようだった。保育園児のリレーもあれば老人会の玉入れもあった。消防団と自治会のリレーも、地域対抗の綱引きもあり、ほとんど観覧している全員が参加するくだりが用意されていた。それは祭りのようでもあり、誰もがそれを楽しみにしていた。応援している私の母と莉子の母親が見える、二人は運動会が終わって家に帰って行く。二人の後ろを、逃げ出した一羽の兎がジグザグに飛びながら走って行く。

莉子は私の頭の中に学校の記憶を移し替えて行ったんだろうか。夢の中で笑って、起きてからは自分が早回しの動画の中にいる人みたいだ。次から次へと家事をこなして。仕事をこなして。

おとといから降りはじめた雨がなかなか降り止まない。水は常に流れて私の周りからそれ以外の音をなくしている。

佳作（小説）

太鼓《たいこ》リール

青木《あおき》　繁喜《しげき》

A

京都で乗った上りの新幹線を三島で降り、下りの東海道線に乗りかえて沼津駅に降り立ったのは正午少し前だった。

北口からバスで十数分のところに小さな池があり、伯父の家はそのほとりにあった、と記憶している。そこには伯父夫妻と、私の四つ年上の従兄、浩が住んでいるはずだった。だが連休後の平日の今日、市役所に勤める公務員の伯父も、機械製造会社の技師である浩も出勤していて不在に違いない。浩の姉、智子は千葉県の東京に隣接する都市に、夫と子供二人の家庭をもっている、と聞いていている。

だが、私が沼津にきた目的は伯父の家へ行くためではなかった。駅から車で数十分南の、海辺の祖母の家へ行くためであった。死に目にあえなかった祖父の霊前に参るためであった。

祖父の死を知らせる電話を母から受けたのは、四月末の連休が始まる日の早朝だった。私は実験用に飼育している猿を含む数種類の動物の世話を研究室の同僚数人から引き受けていて、通夜にも葬儀にも参列できなかった。彼らは帰郷するなり旅行に出かけるなりの理由で、どこへも行くあてのない私に飼育当番日の交換を求めてきたのだった。私たちは大学院で特に色彩への脳の反応の仕組みを研究しているのだった。結局無念にも式には母だけが参列したが、私はぜひ四十九日が明ける前に祖母の家へ急行したかった。祖父と無言の別れの言葉を交わしたかった。

祖母には夕食前に着く旨を電話で伝えてあったのに、ずっと早く、まだ日の高い時刻に沼津に着いたのは、なるべく早く着きたかったからだろうが、矛盾するけれど、一方ではやる気持ちを抑える気持ちが混じっていることも確かだった。私は祖父母の家で過ごした一年間の生活をじっくり思い返して祖父を偲びながら、その家への道をたどりたかった。

私は駅の南口に出ると、バス停ではなく仲見世通りへ向かった。アーケードのどこかに中華料理店があるはずだった。そこで湯麵を食べるつもりだった。十数年前、小学六年の少年が生まれて初めて独りで入ったのがその食堂で、食べたのが湯麵だった。

あの日梅雨の晴れ間の午前、私は祖父母の家近くから数十分バスに乗り、東郷という海辺の集落から沼津の市街に入るあたりで降りた。そしてまず道路沿いの釣り具店、それから沼津港近くの釣り具店、そこから駅に向かい仲見世通りの釣り具店と、互いにかなり離れた三軒の釣り具店を歩いて回った。手にもった紙片に店の位置を示す道路の略図が描いてあり、それぞれの店で買うべき品々が列挙してあった。祖父に頼まれたお使いだった。祖父がだしぬけに私を使いに出したのは、どうにか前を見られるようになった私に何か目的のある行動をとらせる慮りだったと、今は思えてならない。

祖父は「おいしいものを食べておいで」と言って釣り具代とは別に食事代をもたせてくれた。訳の分からない品々をすべて買いそろえたとき、私は蒸し暑さと長い外歩きと慣れない買い物で疲れ切ってていたが、何か大きな仕事をやり終えた達成感に興奮し、同時に不思議なほどの勇気がわいて、立派な食堂に堂々と入って豪華な料理を食べる決心をするほど大胆になっていた。そのとき目にとまったのが中華料理店だった。料理見本のウインドウを見ると、ラーメンの横にいろいろな具がたっぷり乗った丼があった。それが初めて食べる湯麵だった

その店はアーケードに入ってすぐのところに見つかった。私は懐かしさのあまり興奮した。しかし近づくにつれて足の運びをゆるめた。外観が思いのほかくすんで見え、少し違和感を覚えたのだ。私は色彩がもっと鮮やかだったと記憶していたのだ。ドアの取っ手に手を伸ばしてよいものかどうか、私は躊躇った。湯麵の味が期待していたものと違ったらどうしよう……私は神聖な思い出を穢したくなかった。私は店に背を向けその場を立ち去った。そして駅から遠ざかって港の方角へ進み、喫茶店でスパゲティの軽い昼食をとった。祖母が心づくしの夕食を用意して待っているのが予想できたからだった。

喫茶店を出たあと、私は大瀬崎行きのバスに乗るため、狩野川に架かる大橋を渡って国道へ向かった。

a

僕が江梨の祖父母の家に住むようになったのは、小学五年生の学年中途の二月末だった。厚木の学校へはどうしても登校しない、という僕の固い意志に負けて、担任は今の学校で年次を終了し、新学年を江梨の小学校で迎える形にして転校の手続きをとってくれた。それでひと月余り学校と無縁の生活をおくることになったのだ。

「おじいさんとおばあさんの言うことをちゃんときくのよ」と母にくれぐれも言われていたから、

僕は二人に素直に従って逆らわず、笑顔を装ってたやすことはなかった。

僕と口を利くのはもっぱら祖母で、もともと寡黙な祖父は必要な短い言葉しかかけてこなかった。それでも時々僕の顔を見詰めて微笑み、「直人は子供のときのおとうさんとよく似ている」とつぶやいた。「本当に。笑顔がそっくりね」と祖母がうなずくのだった。

父のことにおよぶと話が長くなりそうで、体力も気力もない僕にはそれは耐えられなかった。それで嬉しそうな微笑を浮かべてごまかし、「本を読むから」と二階に上がるのだった。

僕はできるだけ独りになりたかった。独りになってもすることはあてがわれた二階の部屋にこもって一人遊びのトランプのカードを机の上に並べるくらいだった。何も考えたくなかった。時間が静かに流れていけば、それ以上望むものは何もなかった。祖父母の家に来てから一週間、僕はそんな生活をおくっていた。

数日吹き荒れた西風がおさまって海が凪いだ日の昼下がり、祖父が階下から僕を呼んだ。

「じいさんを手伝ってくれないか?」

降りていってうなずくと、祖父は僕に厚いコートを手渡し、長靴をはいて外へ出るように、と言った。長靴は新しかった。

祖父の運転する軽トラックは数分走り、道路沿いの港に入った。波よけの短い突堤が二本つき出た小さな入り江——それが江梨の港だった。岸壁の数カ所に鉄の輪が埋め込まれていて、祖父がその一つに結わえられた舫《もや》い綱を手繰ると、数艘の漁船の間から一艘が引き寄せられ、その舳先が岸壁の上にせり出した。僕は祖父の指示に従い、岸壁に置かれた台に上り、そこから舳先に乗り移った。続いて祖父も乗ってきて操縦席に行ってエンジンをかけた。

「そこにある雑巾で操縦席の周りを拭いてくれ。じいさんはいろいろ点検しなくちゃならない」

僕は船室のバケツの中から数枚の雑巾を取り出し、波しぶきで濡れた船内をていねいにぬぐった。

しばらくして祖父は操縦席に戻ってきて計器類を見た。

「直、船酔いはしないか？」

「しない、と思う。車に酔ったことがないから」

「じゃあ、少し湾内を回ってみるか」

祖父は船首に行き、舫い綱を解いて海中に放り投げ、また操縦席に戻ってきて座った。ギアをいれると船は後進し、周囲が開けてから前進した。

「対岸の牛が伏せた形の山が牛臥山。沼津駅はあの真北になる」

と祖父が説明した。

「ここは駿河湾の奥で、一番奥に——ほら、右に見えるあの大きな島——淡島がある。淡島の北が口野湾、南が内浦湾……」

駿河湾は右手の奥は凪いでいたが、左手の沖遠くは白波が立っていた。白波の向こうに陸地が見えた。晴れた青空の下に中腹まで白い雪を頂いて聳《そび》えているのが富士山だった。

祖父は舵を右にきった。僕は操縦席の傍らに立って湾の景色を見回していた。エンジンの振動が甲板から足に伝わってきた。海面は穏やかだったが、進む船が時々飛沫を舞い上げた。

動く船に乗せてもらうのはこれが初めてだった。父が生きていたとき、盆と正月の二、三日を祖父母の家で過ごすのが我が家の常だった。伯父の家族も自家用車でやってきたが、江梨の家は二家族が泊まる余裕がないので、伯父夫婦は夕食後、いとこたちを置いて自宅へ帰っていった。僕は係留している漁船にいとこたちと一緒に乗せてもらったことは憶えている。祖父が船を走らせなかったのは、僕たちがまだ小さくて十分泳げないのと、誰かが船酔いする恐れがあったためだろう。いとこたちとはたくさん遊んだはずだが、一緒に海水浴にいったことくらいしか記憶にない。父が死んだのは僕が小学四年の初冬で、その後祖父母の家から足が遠のいていたのだった。

駿河湾の一番奥で、陸にくっつくほど近いところにある大きな島――それが淡島だった。なかに遊園地やプールもある、とのことだった。

船は時計回りに淡島をまわって引き返し、左手の陸に沿って西に進んだ。小さな入り江のなかに停泊している大きな白い客船が見え、そこを通過して間もなく祖父は船を停めてエンジンを切った。

「この真下に珊瑚礁が広がっている。日本北限の珊瑚礁だそうだ。潜った人の話では、緑色の木の枝の茂みに白い花が咲いているようで、とてもきれいだったそうだ。ここは陸から百米も離れておらず、水深も数米しかない。それなのに、不思議なことに発見されたのはつい最近……

一九九一年のことだ。でも発見されてから汚染がすすみ、五千平方メートル――そうだな、七十メートル四方の運動場を思えばよい、五千平方メートルだった広がりが今は半分に減ってしまった」

祖父は独り言のように嘆いてからエンジンをかけたが、ギアはいれなかった。そして立ち上がり

「直、ここに座れ」

と言った。

僕は言われたように祖父に代わって操縦席に座った。

「船を動かしてごらん。おとうさんは操船が大好きだったよ」

「でも……」

「そうか、無免許運転を恐れているのか。それなら心配ない。免許を持った人がついていればいいことになっている．法に触れることではないからね」

僕は勇気を奮い起こしてステアリングホィールを握った。祖父は僕の手をとって操船の仕方を教えてくれた。恐る恐る指示通りにレバーを前に倒すと、船が動き出した。

「レバーをもっと倒してごらん。素早く」

言われたようにすると、エンジンの音が高鳴り、船の速さが増した。僕は速さが怖くなるまでレバーを倒して直進を続け、倒す加減とそれに反応する速度の変化を確かめると、次にステアリングホィールをそっと回して蛇行運転の感覚をつかんだ。非力な僕が大きな船を右へ左へと思いのままに動かせるのが快かった。僕はスピードをあげたりおとしたりしながら凪いだ海面を何回

か旋回させた。

祖父が僕を買い物の使いに出したのは、それから三か月余りたった日曜日だった。冬が去り、春が過ぎ、季節は梅雨が明けようとしていた。

「三軒の釣り具店をまわって、ここに書いてある物を買っておいで。買い物が済んだら何か食べてくるといい」

祖父から一万円札といっしょに貰った紙片に道路の略図が画いてあり、店の位置が示してあった。そしてそれぞれの店で買うものが箇条書きにしてあった。

A店―オーロラプリント　一枚、フラッシャー　一袋
B店―ヒコーキ小　二個、青い丸型ルアーヘッド小　八個
C店―透明なハモ皮　一枚、鶏の羽毛　白とピンク　各一袋

すべて何のことかチンプンカンプンだったが、僕はその紙片と紙幣を財布に入れてズボンのポケットに突っ込み、空のバッグを手にさげて家を出た。

そのころには僕は闇のトンネルの向こうに微かな光が見える状態になっていた。友達ができ、ふつうに登下校していたし、通りで同級生に会うのを恐れなくなっていた。祖父が僕を使いに出したのは、それに気付いていたからだろう。

僕は江梨の停留所で沼津駅行きのバスに乗り、数十分座席で揺られ、沼津港近くで下りた。略図の道筋をたどって歩いて、最初のA店のドアの前に立ったとき、僕は緊張で足が震えた。お使

いが祖父の意に適わなかったらどうしよう。

自動ドアが開いて最初に目に入ったのは、制服を着た店員だった。若い男で、商品を棚に並べていた。僕は意を決して彼に近寄っていった。

「おじいさんにオーロラプリントとフラッシャーを買ってくるよう頼まれました。でも僕は釣りの初心者なので、どういうものか知りません」

「オーロラプリントとフラッシャーですね」

店員はそれらの売り場に案内してくれ、僕はどうにか最初の買い物を済ませた。張りつめていた不安が消えて、僕は跳ねまわりたい気持ちだった。

B店でもC店でも難なく買い物ができ、頼まれたすべての品の入ったバッグを手に提げて、僕は駅前のバス停へ向かった。緊張がとけて足どりは軽かったが、梅雨時の蒸し暑さのなかを長く歩いたせいでどっと汗が出、疲労を感じた。しかし心は達成感で高ぶっていた。僕は元気よく歩いて仲見世通りのアーケードに入り、食堂をさがした。いろいろな食べ物の看板が目にとまる。菓子屋と果物屋の前はとりあえず素通りする。寿司屋ととんかつ屋はおっかなくて素通りする。蕎麦屋はぜいたくさが足りない気がして素通りする。レストランはフォークとナイフの使い方を知らないから素通りする。結局自分が入ることができるのは中華料理店しかなかった。具がたっぷりのった湯麺という食べ物を知ったのはこのときだった。

その日の夕食後、僕は祖父に呼ばれて彼の部屋に行った。板の間で、ベッドも机もテーブルも本棚もあった。テーブルの上に昼間の買い物が並べてあった。

「じいさんが見本を作るから、直も真似てごらん」

祖父は日焼けした太い指で何かを作り始めた。

僕が買ってきた物は疑似餌の材料だった。祖父は魚が疑似餌に食いつく理由を説明しながら、僕に見せるためにゆっくりと作業を進めた。

「ほら、これで完成だ」

僕の手の平にのったのは、小さな細長いタコのような奇妙なものだったが、擬したのはイワシとのことだった。

僕は祖父の手を借り、二十分余りかけてどうにか手本に似たものを作った。

「うん、これなら釣れる」

続けて僕が苦心して独りで三個作り上げると、祖父は樹脂製で十字架の形をした〈ヒコーキ〉を手に取り、その尻にハリスを結んだ。ハリスは途中で枝分かれし、本と枝それぞれのハリスの端に僕の作った疑似餌とハリを付けた。〈ヒコーキ〉の仕掛けは二つ作られた。

「直、いちど釣りにつきあってくれ。つまらなければ、つまらないでいいから」

自分が作ったものがどんな結果をもたらすか、興味をもたないのは無理であった。そのうえ自分の操縦する船が波を切って進んでいくのに快感を覚えた僕に拒む理由はなかった。

「手伝ってあげるね」と僕は冗談口で答えた。

数日後、学校から帰ると祖父が出漁の恰好をして待っていた。

「船に乗るよ。着替えておいで。足は…そう、サンダルでいいだろう。先に車に乗っているから」

僕は二階へ駆け上り、急いで着替えた。

軽トラックの助手席に、野球帽と救命胴衣が置いてあった。どちらも新品だった。

船は江梨の港から二十分ほどで対岸の沼津港に近づき、そこから西の千本浜沖に着いた。祖父はギアを中立にして船を停め、桶から釣り具を取り出して釣りの準備を始めた。

右舷のクリートに径三十センチほどのゴムの輪を引っ掛ける。輪には十メートルほどの太い道糸がつながっていて、その端をヒコーキの頭に結び付ける。それからヒコーキをトモから海に投げ入れる。僕の作った疑似餌の付いたヒコーキだった。

「左舷のクリートにも同じように輪を掛けろ。仕掛けを投げ入れたら船を走らせる」

意外にも竿は使わなかった。使わないほうが操船しながら釣るのに手早い動きがとれるとのことだった。

船が動きだすと道糸がピンと張り、速度を増すとヒコーキの翼が飛沫を上げた。飛沫を小魚の群れと思った魚が疑似餌に食い付く、という仕組みの釣りだった。祖父は船を一定の速度に保ちながら海岸線と平行に走らせた。東西に何度か往復したとき、突然飛沫が消えヒコーキが水中に沈んだ。僕は道糸を手繰った。

「糸が太いから切れることはない。引き寄せてそのまま取り込め。独りでやるんだ」

力任せに引き上げた魚は四十センチほどのイナダだった。僕はそれをつかんでハリを外し、船内の生け簀にそっと入れた。足が興奮で震え、しばらく止まらなかった。本当に自分が作った疑似餌で魚が釣れたのだ。

数匹のイナダのあと、似た魚体だがひとまわり大きく薄茶を帯びた魚が釣れた。

「カンパチだ」

それから祖父はカンパチが釣れた場所を頻繁に通るように、船を短い距離を往復させた。

「あそこにカンパチが居着く根がある。どういうわけか、カンパチだけが釣れる」

祖父と僕は立て続けに数匹ずつ釣り上げた。

B

私は大瀬崎行きのバスに乗り、右の窓側の席に座った。道路が片側二車線から一車線にかわるあたりで、生臭い潮風が入ってきた。漁村の匂いだった。漁村とはいっても、家並みが密集し店舗も多く、まだ市街が続いている、という印象だった。ここから道路はずっと海岸に沿って紆余曲折していて、海の景色はすべて右手に見える。

平日の午後で乗客は私のほかに女が四人いるだけだった。身なりや態度から皆地元の住人らしかった。中年の二人は互いに離れた席に座っていたが、初老の二人は私の二列前の席に並んで座っていて、その会話は外の景色を眺めている私の耳に入ってきて、一人は買い物、一人は病院の帰りであることが知れた。

しばらくして陸から目と鼻の先に大きな島が見えた。淡島だった。道路わきに食堂や土産物屋が軒を並べ、駐車場に何台かの乗用車とバスが停まっていた。ロープウェイで島へ渡った観光客もいるのだろう。しかし、このような活気ある光景は水族館のある三津浜まで見られたが、そこから先は人影がめっきり減り、道路が狭く舗装も荒くなった。湾は明るく開けたが、反対側は山が迫り、樹の枝が張り出す暗い陰となった。

中年は二人ともくったくなさそうにうたた寝をしている。初老はお喋りに余念がない。

木負《きしょう》の入り江が見えたとき、私は景色に違和感をおぼえた。記憶にある景色とどこかが違っていた。しかしその違いが何かは分からなかった。初老の会話が耳にはいったのはそのときだった。

「寂しいわね」

「やはり何かもの足りないわ」

二人とも入り江をしきりに見詰めていた。

「和歌山県の沖で沈没したそうよ」

〈沈没〉という言葉からの連想で私の記憶がよみがえった。違和感をおぼえたのは、景色にあるものが欠けているからだった。欠けているのは巨大な白い客船だった。記憶のなかではそれが入り江の中央に陣取っていたのだ。確かこの豪華な船はホテルとレストランとして使われていたはずだった。

女たちの会話の続きから、船は母国のスウェーデンへ帰ることが決まり、その航海に必要な改修のために曳航されて関西のドックへ向かう途中沈没したことが分かった。そして私は船名がスカンジナビア号だったことを思い出した。

b

僕は母の運転する車の助手席でぼんやり景色を眺めていた。車は母が知人から借りたもので、トランクに教科書と文房具、僕の衣類と身の回りのものが載っている。曲がりくねった道が細く寂しくなった。家並みが消えて海が明るく開けたが、海が明るいだけ山側の陰が暗くなった。

「酔ったの？窓を開けようか？」

「いいよ、寒いから。眠いだけ」

僕が無口になったのは、しかし、眠いからではなかった。不安の影が濃くなってきたからだった。江梨の家でこもった陰鬱な生活をおくることは覚悟しているものの、先の見通せない不安がいつまで続くのかと思うと、明るく振舞うことなど無理であった。

「あら、きれいな船。船の背景は富士山よ。船も山も真っ白だわ」

母のわざとらしい叫びに付き合うように、僕は仕方なく遠くの景色に目をやった。小さな入り江に白い大型客船が横たわり、その向こうに富士山が見えた。船も山も群青の海に浮かんでいるようだった。確かにきれいな景色だった。しかし僕の心はきれいなものに感動するほど柔らかくなかった。

道はますます狭く暗くなってきた。僕は一層無口になってこれまでのできごとを振り返った。前は見えなくても、後ろに目を向けることはできた。

父が死んだのは僕が小学四年生の十一月下旬だった。父は東京にある製薬会社の研究所に勤め、私鉄の百合ケ丘駅から電車で通っていた。駅と僕たちのアパートの間に魚の美味しい料理店があり、僕の家族はしばしばそこで食事をしたものだった。妹も僕も肉より魚のほうがずっと好きなのはそのせいかもしれない。海育ちの父は美味しい魚のない暮らしなど考えられなかったらしい。その店で父は同年配の豆腐屋と親しくなった。その年の秋、豆腐屋の奥さんがアキレス腱を切り、手術を受けて入院した。近所の奥さん連中とバレーボールの練習中の災難だったらしい。働き手を失って困り果てた豆腐屋を見かねた父は、奥さんが退院して働けるようになるまでの手伝いを申し出た。こうして父の早朝の豆腐屋通いが始まった。僕は眠っていて知らなかったけれど、三時半ごろ出かけ、六時ころ帰ってきたらしい。交通手段は自転車だった。

その未明、父は豆腐屋から帰る途中、猛スピードで走ってきた車に追突された。目撃者がおらず、車が逃げ去ったので、事故の状況の詳細は分からずじまいで、犯人はまだ捕まっていない。

しばらくして母は百合ケ丘から新宿へ数番目の駅近くにある工務店で事務員として働き始めた。しかしそこで何か嫌なことがあったらしく、すぐに辞めてしまった。次に見つけた仕事は町田の家具店の店員だった。母の表情に苦悩の色が目立ち始めたのはそれからまもなくだった。子供の僕にも原因が分かった。妹と僕の世話に、初めての勤めが加わり、忙しくて自分の時間を持てなくなったためだ。妹を幼稚園から保育園へ転園させる手続きをとっているところであったが、転園させてもそれだけで母の苦悩が減りそうには思えなかった。

三月初めひな祭りの夜、浴槽を出ようとする僕に、髪を洗っていた母が声をかけた。

「ねえ直、頼みがあるんだけれど……」

僕はまた湯に身体を沈めた。母はうつむいた姿勢のまま続けた。

「中学に入るまでおかあさんと離れて暮らせないかしら?」

僕は母の心を推し量った。勤めの仕事に慣れなければならないのに、妹と僕を育てることに精一杯でその余裕がない。仕事に慣れるまで家の世話を減らそう、と考えたのだ。そして手の多くかかる僕を育てる手間を省くことを思いついたのだ。

僕は、それまで職に就いた経験がなく身体の丈夫でない母から疲労と苦悩が消えてほしかった。さらに時間にも体にも心にもゆとりをもってほしかった。僕がしばらく離れて暮らすことでことが少しでも良くなるのなら、僕はどんなことでも我慢できた。

「かまわないさ。もう五年生だよ」

「そう……」

母がそれきり何も言わなかったので、僕は風呂から上がった。

母が具体的な考えを語ったのは布団に入ってからだった。親子三人は文字通り川の字に寝ていた。妹は真ん中の布団でもう寝息をたてていた。

母の姉が厚木にいるが、電話で彼女に事情を話して相談したところ、僕を預かってもよい、という返事だった。水道関係の仕事をしている義伯父は優しい人柄だし、二人の従姉も面倒見がよい、それに母の両親が近くに住んでいて甘えることもできる。これほど頼りになるところは他にない。

「不自由を二年我慢してちょうだい。二年たてば葉子も手がかからなくなるし、あなたもずっと逞しくなっているでしょう」

母の声は微かに震えていて聞き取りにくかった。母だって本当は僕たちを自分の手元で育てたいと思っているにちがいない。僕を遠くへやる決断の裏には言い知れぬ悩みやためらいがあったことだろう。それでもそれが最良の道だと判断したのだ。結局僕は母の要望にこたえることに決めた。

僕は伯母の家で暮らすことになり、四月から学区の小学校に通い始めた。それは郊外にあったが、田畑と林が広く残る一方、高いビルや新しい建物が目立つ、田舎と都市が入り混じる環境だった。伯母も義伯父も僕を従姉たちと平等に扱ってくれたし、従姉たちも弟に対するように僕に接してくれた。ときとして泣きたいほど寂しい気持ちになったが、母と妹が月に一度は会いに来たので、耐えられないものではなかった。

新しい学校生活に慣れるのも、クラスに打ち解けるのも早かった。事情を知っている担任も僕に何か変化がないか、と目を配り、何かと話し掛けてくれた。

夏休みには百合ヶ丘のアパートに帰り、宿題の勉強をし、本を読み、妹の面倒を見、洗濯をし、掃除をし、買い物に出、料理をし、母を手伝った。僕でもきちんとした生活を送る力になれることを実感した夏休みだった。楽しい帰省だった。そして近い将来そのような生活に戻れることを心当てにして、元気よくアパートを出た。

秋の学期に入ってまもなく、クラスで合唱の練習が始まった。学校行事であるクラス対抗の合唱コンクールのためだった。始業前と放課後、担任の弾くエレクトーンに合わせて課題曲と自由曲を唄うのだが、指揮をとるのが学級委員のM君だった。彼は足が速く腕力も強かった。数日後、昇降口で靴を履いていると、彼が小走りに階段をおりてきた。

「一緒に帰ろう」

彼の家は同じ方角で、帰り道が途中まで同じだった。僕たちはサッカーのことなどを親しく話していたが、畑の間の小径に入ったとき、彼はまじめな口調になって話題をかえた。

「合唱コンクールのことだけれど、君には唄ってほしくないんだ」

「……」

「君が音程を外すせいで合唱にならないからさ。正直に言うと、君はただ口を動かして立っていればいい。皆が賞をとろうと頑張っているのをぶち壊す権利は君にはない」

「そういうことなら……分かった」仲間の努力を台無しにしたくなくて、僕はM君の言う通りにしよう、と思った。

「分かってくれてありがとう。もちろんコンクールの目的は賞をとることだけじゃないさ。でも、とりたい、っていうのが本音だろう？」

「そうだろうね。言う通りにするから、心配しないで」

僕はコンクールの本番では口をパクパクさせるだけにしようと決めた。しかし練習では精一杯声を出して唄った。そのほうが仲間との一体感が強くなる、と思ったからだ。それがM君には気に入らなかったらしい。二、三日後僕への嫌がらせが始まった。証拠はなかったが、彼と彼の仲間以外の仕業とは考えられなかった。嫌がらせはより頻繁になり、やがて僕が弱虫なのを知るといじめに変わっていった。いじめは言葉に表せないほど残忍なものであり、新しい方法を飽きることなく次から次へと考えだすのだった。彼らは僕の都会風のものの言い方が人を馬鹿にしているようで我慢ならない、と言うが、服装、態度、成績を一緒にした僕の存在そのものが目障りで気に障るのだ。M君は合唱に加わるな、と言ったけれど、僕には僕の歌唱力が合唱を乱すほどひどいとはどうしても思えない。M君は常々難癖をつける口実を見つけようと構えていて、コンクールはそのよい機会だったにちがいない。

いじめは彼らの生活の一部に取り込まれ日課となった。日課は習慣となり習慣は惰性となった。彼らは無意識に無感覚にいじめを続けた。そして残忍さは不気味さを帯びてきた。

M君の仲間はクラスの男子のほんの一部で、僕の話を親身になって聞いてくれる友達もいた。その一人がY君だった。彼は知識が豊富で、特に昆虫の生態に詳しく、家でクワガタとカブトムシを飼っていた。自由に使える自分の部屋をもたない僕は彼の家で飼育を手伝うことで満足していた。

　節分の翌日の放課後、Y君が鉄棒で運動していた。よほど熱中しているのか、僕が近づくのに気付かなかった。僕は立ち止まり、しばらく見物していた。僕がまだ逆上がりもできないのに、彼はもうくるくると簡単に前回りができた。彼が地面に下りるのを待って、僕は声を掛けた。

「まだ続けるなら、待っているよ」

「いや、もうおしまい。一緒に帰ろう」

　僕たちは並んで歩き、校門を出た。Y君の顔には汗が流れていた。彼はそれを袖でぬぐった。

「ゆうべ豆まきをしたかい？」

「うん」

「豆は食べた？」

「うん」

「うちは豆の他にチョコや金平糖も食べるよ。君の分をもってきてあげた。残りものだから、遠慮はいらない」

　僕は変な感じがした。いつものY君なら、先に菓子を手渡して「おいしいよ」と真っ直ぐ言うだろう。それが今はなぜか持って回った言い方をしている。彼は続けた。

「目をつむって、口をアーンと開けてごらん」

やはりそうか、と僕は思った。Y君が何をしようとしているのか想像がついたからだ。

昼休み、Y君がM君に教室から連れ出されるのを、僕は廊下の隅で目撃し、Y君の普通でない顔色と態度に不審をいだいてあとをつけた。二人が行った先は校庭の隅の築山の木陰だった。そこにはM君の仲間が数人待っていて、すぐにY君を取り囲んだ。脅している様子は明らかだった。彼らが良からぬことを企んでいるのは明らかだった。

僕は不安を感じながらも覚悟し、Y君に言われるままに目をつむり、口を大きく開けた。嫌な予感は的中した。Y君が僕の口に入れたのは菓子ではなく砂だった。僕はペッと大量の砂を吐き出した。

知らない間に悪童たちが集まっていた。皆気味の悪い薄笑いを浮かべていた。僕は一目散に逃げ去った。

翌朝、僕は伯母にたのんで学校に電話をかけてもらった。風邪で休む、と伝えるためである。

僕は仮病の床のなかで考えた。Y君に何が起こったのかを考えた。自分がどうすべきかを考えた。

彼は僕の大切な友達だ。進んで人に危害を加えるような友達では絶対ない。あれは彼が自分の意志でやったことではありえない。あいつらに脅されてやったことだ。あいつらは気に入らない僕と彼が仲良くするのが気に入らず、二人の仲を裂くつもりだったのだろう。きっと〈直人をいじめろ。さもないとおまえをいじめるからな〉とでも言われたにちがいない。もしそうなら、彼は僕がいる限りいじめを受けることになる。僕は消えたほうがよいのだ。僕がいなくなれば、いじめる口実がなくなり、あいつらがY君に暴力をふるうことはなくなるだろう……

翌朝僕は「もう熱はない」と伯母に言って、いつも通りに家を出た。しかし学校へは行かなかった。登校途中にある橋を渡ると右に曲がって上流へ進んだ。行く当てはなかった。ただ学校から離れたかった。僕はひたすら歩いて、人に見つけられない場所をさがした。小動物が安全な場所から安全な場所へ移動するように、僕も町はずれの森や神社に身を隠しながら坂を登った。しかし真冬の寒さには勝てなかった。日が当たって人目につかない場所を求めて歩き回り、とうとう見つけたのは橋の下の隙間だった。橋台のコンクリートは意外にも心地よいほど温かく、なにより寒風を遮ってくれた。僕はそこに潜り込み、下校時刻までの時間を過ごすことにしたが、それまでのながい時間を考えると、本を持ってこなかったことが悔やまれた。

この逃避が二、三日で終わることは子供の僕にも予想できた。いずれ担任から伯母に連絡がいき、僕の不登校が知れるだろう。それが分かっていても、僕には他にとる方策が思いつかなかった。知れたら知れたでかまわなかった。

日が傾きコンクリートの肌が冷えだすころ、僕は隙間を抜け出て家路についた。

予想が当たったのは、早くも翌日だった。橋の下から帰宅すると、伯母が「直ちゃん」と僕の顔を見た。僕は覚悟し、ランドセルを背負ったまま伯母の言葉を待った。

「学校の先生から電話があって……おばさんに事情を話してくれるわね」

僕はY君のことを伏せていじめにあっていることを打ち明け、学校へ行きたくない、と断言した。

伯母は困り果て、電話で母を呼び寄せたが、母も僕のかたくなな態度に動揺した。そして祖父を頼って相談したらしい。祖父は僕をできるだけ早く引き取ったほうがよい、と判断し、その結果が江梨の家近くの小学校への転校であった。しかしそのあたりのいきさつの詳細を僕は知らない。

C

おしゃべりに夢中だった初老の女の一人が久連《くずら》で降り、バスの中が静かになった。静かになってまもなく、右手に立派な建物、その向こうに広場が見えてきた。農協の建物と蜜柑の選別場である。祖父の手紙で、私は厚君が農協に勤めていることを知っていた。彼は今あの建物の中で同僚と和気あいあいに働いているところかもしれない。机に向かって事務仕事をする彼の真面目腐った顔を想像するとおかしかった。しかしそれは少年の顔であった。教室で机を並べて学んだのがほんの一年間、それもずっと前のことで、僕たちは以来会っていないのだ。おそらく彼は私を覚えていないだろう。しかし私が彼を忘れることはない。彼を恩人と言ってもけっして過言ではない。事実、私が充足した気持ちで小学校を卒業できたのは彼のおかげだから。

小学校は農協を過ぎてすぐのところにあるはずだった。私は左側の車窓に目をやった。山の斜面の林の間に細い坂道が見えた。それが丘の上の小学校へ上る道だった。一学年一学級の小さい学校で、厚君はクラスだけでなく学校の活動も取り仕切った。彼の陽気な性格は周囲に明るく反映した……。

そこを過ぎるとまもなく小川を渡るはずだった。思い出に残る小川だった。厚君が卵で腹の膨らんだ落ち鮎と、上りの稚鮎の採り方を教えてくれた小川だった。採り方といっても、ただ川底をたも網ですくうだけだが、鮎の集まる場所を見つけるのにこつがあり、彼がいなければ成果が上がらなかった。

c

僕が祖父母の家にきたのは二月末で、新しい学校の新学期まで一月余りの間があった。母に言われた通り二人の手伝いをしたが、ほとんどの時間をあてがわれた二階の部屋で過ごした。父と伯父が使っていたとのことで、窓際の机は父のお古だった。その表面の片隅に何か彫ってあり、小さなつたない〈青色の〉という字と、それと不釣り合いに大きな〈海〉という字が読めた。「青色の海、か」子供の父の海の連想は青色ということだろうか。本棚に並んでいる古い本のなかにめぼしいものはなく、僕が手を伸ばしたのは魚の図鑑だけだった。それを何度も開いたのは時間が有り余っているからだった。時間をつぶすのに他にしたのは、持ってきた本を読むこと、ラジオをきくこと、それにトランプの一人ゲームをすることくらいだった。

三月半ばの土曜日の午後だった。タローが激しく吠えた。留守居をしていた僕はただちに駆け下りて裏庭に出た。

タローと少年がじゃれ合っていた。タローは不審者に向かって吠えたのではなかった。少年は僕に気付くと片手をあげた。

「やあ」

僕もつられて
「やあ」

と片手をあげて応えた。

「蜜柑をもらっていくよ」

彼はズボンのポケットから鋏とビニール袋を取り出した。そして黄色い実を鋏で切り取って袋に入れた。次々に切り取る慣れた手つきにあっけにとられ、僕はただ見ているだけだった。袋が一杯になると、彼は詰め切れない一つを投げてよこした。僕はボールのようにうまくキャッチした。彼は続けてもう一球投げてよこすと背を向け、山の林に入っていった。

「ナイスキャッチ。おじいさんによろしく」


僕は買い物から帰った祖母に蜜柑泥棒が来たことを話した。

「あら、誰かしら」

泥棒の顔立ちと服装の説明を聞いて祖母は笑った。

「たぶんアツシ君ね。でも、泥棒じゃないわ。他の子も、それに、メジロももらいに来るもの。だって、うちのは商品にならない蜜柑だから誰が食べてもかまわないの」

「売っている蜜柑よりずっと甘いけれど……あいつよく来るんだ？タローがずいぶんなついている」

僕はたまらなく寂しい気持ちになっていた。タローは裏庭の大半を低い柵で囲った広いところに住んでいて、昼間は自由に動き回っている。しかし僕が庭に出ると、そそくさと隅の小屋に逃げ込んでしまう。この反応はここにきた当初と少しも変わらない。僕は犬にも嫌われるのか、と思うと悔しくてしかたなかった。

タローは子犬のとき港に捨てられているところを祖父に拾われたとのことだった。柴の雑種で、前の飼い主に虐待を受けていたらしく、祖父が何かの拍子に手を上げると、反射的に尾を垂れ、身を縮めたそうで、見かねた祖父が毎朝抱き寄せてブラシをかけてやったところ、ようやく三か月後に怯えなくなった、という。

数日後、僕は百合ヶ丘のアパートへ帰り、一週間ほど母のもとで暮らした。母は仕事で忙しかったが、三月末に一日の休暇をとり、僕と妹を連れて江梨を訪れた。新しい学校の担任に挨拶をするためだった。妹を祖母に預けて、母と僕は春休みで児童のいない学校へ行き、担任に会った。若いふくよかな女性で、しゃべり方が気っ風がよかった。彼女は事情を知っていて、母を安心させようと努めているようだった。僕にも趣味や好きなスポーツのことなどを訊いてきた。学校に早くなじませようというわけだ。しかし僕は今度の学校では波風を立てないよう何事も控えめにすることを心に固く決めていたので、曖昧に答えておいた。

母は帰るとき「ご指導よろしくお願いします」と担任に深く頭を下げた。

始業式の朝、僕は講堂の前で蜜柑泥棒を見つけた。彼も僕に気付いて「やあ」と片手をあげた。

胸の名札で彼が厚君であることが分かった。

教室では彼と席が隣だった。これからずっと顔をつきあわせなくてはならない相手だろう。

「分からないことがあったら、何でも訊けよ」

「ええ」

と、僕はていねいに、しかし素っ気なく答えた。

「勉強以外なら教えられるから」

「ええ、ありがとう」

帰りのホームルームが終わって教室を出ようとしたとき、彼が戸口に立って待っていた。

「一緒に帰ろう」

「いや、先生に職員室に来るよう言われているので」

僕はとっさに嘘をついた。彼に遅れて学校を出るためだった。同級生とは必要以上の言葉を交わさない、親しい関係にならないように距離をおいて行動しよう、と決めていた僕は慎重になっていたのだ。翌日からも僕は彼と下校が重なるのを避けた。彼は担任によく用事を頼まれるので、僕がより早く教室を出ることが多かった。

一人での下校がひと月余り続き、五月半ばの金曜日、皆が掃除を終え、担任が帰りのホームルームに来るのを待っているとき、厚君が僕の机の上に一枚の紙切れを置いた。それには〈明日朝九時に古宇《こう》の港に来てください〉と書いてあった。彼は笑って念を押した。

「来れるよな」

僕はあいまいにうなずいただけで、はっきりとは答えなかった。

そのときから僕の心は怯えで暗くなった。祖父母に心配をかけないように夕食時はいつも通り陽気に振舞ったが、部屋に戻って一人になると、底知れない恐怖を覚えた。紙切れの文がいやに丁寧で、それだけ不気味だった。

翌日朝食のとき、祖母が僕の顔を見た。

「直ちゃん、眠そうね。顔色が良くないわ。熱を計ろうか？」

僕は祖母に従って居間に入り、手渡された体温計を脇にはさんだ。

「ねえ、おばあちゃん、厚君って、どんな子？」

「……」

「強い子？」

祖母は答えずに僕の顔をじっと見た。それから手を伸ばして体温計を出すよう促した。

「熱はないわ……厚は、そうね、ガキ大将、といったところかな。腕っぷしがとても強いわよ。厚がどうかしたの？」

ガキ大将……恐怖が極みに達し、僕は救いを求めるように、古宇の港に九時に来いと言われていることを正直に打ち明けた。すると祖母は「そうか、シバヅケか」とけろりと笑って納屋へ行った。持ってきたのは軍手と小型の折りたたみ式鋸だった。

「直ちゃんのも用意してあると思うけれど、自分のを持っていったほうがいいわ」

九時まであまり時間がなかった。急いで着替えていると、下から祖母の声がした。

「タオルと長靴をだしておくからね。浩のものだけれど、帽子も持っていくといいわ」

港には男の児童が十人あまり集まっていた。下級生はいなかった。とるべき行動が分からない僕は皆のすることを見ているだけだった。リアカーが二台あり、それぞれに縄の束がのっていた。厚君の指図で身体の大きな二人がリアカーをひいて出発し、残りの者があとを追った。僕たちは道路を渡り、山を登って行った。小径はすぐに頭上に張り出した枝葉でうす暗くなった。皆が立ち止まり、厚君の周りに集まったのは、中腹の開けた草原だった。

「さあ、取り掛かれ。三十分後に休憩の笛を吹くから」

厚君の号令で皆林の中へ散っていった。彼は一人残された僕を一本の大樹の下に連れていった。

「ヤマモモの雄の木だ。これと同じ木を見つけて枝を払う。けれど初めは払う前に僕の了承をとってほしい。似ている雌の木を切らないために」

「分かった。でも、集めてどうするの？」

「後で説明してあげる」

僕は厚君の真似をして鋸で枝を払い始めた。切り口が次々にできると、涼しい香りがあたりに漂った。

僕たちは縄で結わえたヤマモモの枝の束をリアカーに積み上げ、山道を下って古宇の港まで運んだ。港と草原の間を二往復したから、計四台分の枝を運んだわけだ。皆が係船場に積み荷を下ろし終えたとき、厚君が僕に説明した。

「これを漁師が水深十三米の海底に沈めて、バショウイカの産卵床を作るのさ。柴浸け、といってね」

タオルで汗を拭いていると、道路の向こうで主婦が手招きをしていた。皆一斉に道路を渡った。主婦の家にクッキーとジュースのおやつが用意してあった。ジュースは葡萄色で甘酸っぱい味がした。

「ヤマモモのジュースだ」と厚君が言った。


その日の昼食時、僕は多弁だった。

「アオリイカをここではバショウイカと言うんだ?」

祖父の箸の動きが止まった。

「そうだが、よく知っているな」

僕の知識は図鑑によるものだったが、それを伏せて僕は続けた。

「味も知っているよ。おとうさんと行った店で何度も食べたから」

祖母の箸の動きが止まった。

「美味しかった?」

「とっても。刺身も湯引きも。おとうさんが、イカのなかでアオリイカが一番美味しい、って」

「それじゃあ、明日にでもごちそうしてあげるわ。でも、おかしいな。朝のしおれた直ちゃんが水を吸って生き返ったみたい」

僕は恥ずかしくて御飯をかきこんでから続けた。

「ヤマモモのジュースも買ってほしいな。初めて飲んだけれど、とても美味しかった」

「あら、初めてじゃないわ」

祖母は立ち上がって、足元の戸棚を開けた。取り出したのは梅酒用の大びんで、中身は葡萄色の液体だった。

「ヤマモモをシロップに漬けたものだけれど、これで作ったゼリーを食べたはずよ」

「そうだったかな」

僕には食べた覚えがなかった。当然味の覚えもなかった。さきほどあれほど美味しく感じたのは喉の渇きと厚君への誤解が解けた安堵の気持ちのせいだろうか。

「薄めればジュースになるけれど、どう？飲んでみる？」

僕が答える前に祖母はシロップをコップに注ぎ、氷と水を加えてジュースを作った。

「ヤマモモの実がみのるのももうすぐね。直ちゃん、シロップに漬けるのを手伝ってね」

僕は頷くやいなや、一息にジュースを飲んだ。

梅雨が明けると厚君は突堤での釣りを教えてくれた。コマセと餌にアミを使い、清流竿で小さなウキとハリの仕掛けを足元に落とす簡単な方法だったが、回遊してくる小魚が沢山釣れた。ほとんど小鯵だったが、ムツの子やタカベが混じった。

海といえば、彼は秘密の砂浜に連れて行ってくれ、僕たちはそこで水泳と潜水を楽しんだ。僕の日焼けの色が濃くなるのにつれて、厚君との距離が縮まった。

彼には他にも小川や山での遊びも教わった。秋の運動会までに僕は少し逞しくなっている自分を感じていたが、それはそのような遊びによるところが大きい、と思う。

D

このあたりは入り江ごとに小さな船着き場があり、そこを囲むように集落がある。バスは立《たち》保《ぼ》、古宇、足保《あしぼ》、久料《くりょう》のどれもよく似た集落を通り過ぎ、乗客は私一人になった。

駿河湾の向こうに見える富士山は大きくなったものの全貌ではない。雪を頂いた山は手前の愛鷹連峰の稜線で右肩から袈裟切りにされて下半分が隠れている。稜線が尽きる左下で、林立する製紙工場の煙突が白煙を吐き出している。そこが富士市で、その北に隣接するのが富士宮市であり、さらに北に上九一色村がある。本栖湖に近いこの村でオウム真理教の教祖と信者が逮捕された。それが五月半ばだったことを憶えているのは、私が転校してここに来た年だったからだ。また、一月に阪神淡路大震災があり、三月に地下鉄サリン事件があって物騒な年だったからだ。逮捕の模様は連日テレビで放映された。私は次々に連行される信者たちの生気のない表情に目を見張ったことを今でも忘れない。報道によれば、死者一四名負傷者六三〇〇名をだしたサリン事件の首謀者でもある教祖はサディアンの狭い隠れ部屋に籠っているところを逮捕されたが、そのとき彼は九六〇万円の札束を抱えていた、という。その彼の表情は貪欲さに醜く歪みこそすれ、生気に満ちていた。一方普通の信者たちは、目は虚ろ、表情は変化に乏しく、一人残らず、血の通わない人形の顔であった。私は悲しい気持ちでテレビを見ていたが、今振り返ると、自分の身を彼らの身に重ねて見ていたのだと思う。

バスは坂道を上っていった。海岸は次第に下方に遠ざかり、やがて見えなくなった。山道の左右の林の葉むらが濃くなれば、江梨はすぐそこだった。すると右手に林の切れ目があるはずだった。崖伝いに海岸に下りる小径の入口だ。私は入口が草や梢で塞がれているかもしれないと思い、注意して外を見ていた。しかし林の底が一瞬開け、入口が以前と変わっていないことが知れた。

d

学校が冬休みに入った日の夕食後、僕は祖父に部屋へ呼ばれた。祖母がデザートの林檎とお茶を運んできてテーブルの上に置いていった。僕がデザートを食べ終わるのを待って祖父が訊いた。

「直人、おとうさんが一番好きだった釣りをやってみないか?」

「一番好きだった釣り?」

これまでに僕は船釣りの経験を重ね、海と天気と船と魚と漁の知識を積んできた。たいした手伝いにならない僕に祖父は少しずつ指導してくれた。僕は普通の人が持っていない知識が増えることが楽しかった。僕はまた普通の人が知りえないことも教わった。釣り道具の使用法や魚の生態などは本に書いてある。しかし海底の魚が集まる場所「根」の正確な位置を記した本はない。僕はそれも教えてもらった。それだけでなく、「根」の上に船をとめる「山立て」の方法も習った。僕はすでに淡島周辺の鯛とワラサ、西郷島周辺の鰺と太刀魚、大瀬崎近くのイカと赤ムツの好釣り場を知っている。

父がよく船に乗っていたことは聞いていたが、やはり僕と同じように漁の手ほどきを受け、さまざまな釣りを教わったにちがいない。そのなかで最も好きなものがあったとは初耳だった。僕はにわかに父の釣りに興味をもった。

「やってみたい」

と僕は答えた。

「そうか」

祖父は椅子から立ち上がり、棚にあった白木の箱を下ろした。そしてスライド式の蓋を開けて何か取り出した。

「もう使うことはないと思っていた。おとうさんの愛用品だ」

それはリールだったが、見たことのない奇妙なものだった。黒いスプールが径十センチほどで、異様に大きかった。

「太鼓リールといって、古いけれど、スプールの向きを変えることができてスピニングにも両軸受けにもなる」

スピニングリールの欠点は道糸によりがかかること、両軸受けリールの欠点は仕掛けを遠投しにくいことであるが、それらが解消されれば、釣り人はよりを気にせず遠投できるわけだ。

「そんなリールなら皆が使っているはずなのに、僕は初めて見た」

「扱いが難しくて、使いこなせる人が少ない。それにギア比が一対一の簡単な仕組みだから、値段が安い。たくさん売れなければ、採算がとれないからメーカーが製造をやめたのさ。この辺りの釣り具店を軒並み回って探しても、清水のメーカーを訪ねて問い合わせても、ひとつも見つからなかった。ここに二個あるけれど、壊れたら残念だが代わりは無い」

「おとうさんの愛用品か……でも、これで何を釣るの?」

「クシロだ。海が連日荒れて船を出せないとき、じいさんは暇つぶしに磯釣りをやるんだが、船の釣りにない面白さがある。おとうさんはそれを知っていたんだな。自分で釣り場を作る、という面白さを」

僕は祖父の言うことを理解できないまま、リールを手にとって動きを確認し、扱い方を頭に入れた。祖父は磯でのクシロ釣りの説明をした。

次の日祖父と僕は早い朝食を済ますと早々に家を出た。夜が明けようとする時刻だった。

僕には強い疑念があった。二、三日前に吹き始めた西風が一向に治まる気配がなく、海は大いに時化ている。安全な磯はあるのだろうか。たとえあったとしても、強風にあおられて竿の扱いがむずかしい。はたして釣りを楽しめるだろうか。

軽トラックは樹々が揺れ動いている林の間を走って山を越え、隣の入り江への下りの中腹で徐行し、わずかに空いた場所に停まった。僕たちは降りて磯靴に履き替え、救命胴衣を着、帽子を被った。崖伝いに海岸に下りる小径は入り口が草の茂みで見つけにくく、知っているのは地元の人くらいだが、僕は厚君たちと何度か通っている。岩だらけの急な坂で、小径というより岩場に残された人跡、といった方がふさわしかった。林の中のその小径を釣り具の入った竹籠を背負い、手に釣り竿を持った祖父が手ぶらの僕が追いつけない速さで下っていった。林をぬけると低い崖の上だった。岩に鉄の杭が二本打ち込んであり、そこから鎖の梯子が垂らしてあった。梯子にすがって降り立ったところは小さな岬の付け根だった。祖父はそこから岬の先端へ向かい、中間あたりの岩場で立ち止まり、竹籠を下ろした。

そこは背後の山の陰で、足元はまだ薄暗かった。しかし沖は夜が明けて、空は淡い茜色を帯びていた。そして空の下の白波は海が荒れていることを示していた。荒れた海のうねりが足元まで白波を送ってきた。足元の海はいつもなら澄んだ水を通して浅い底が見えるほど穏やかだった。そのうえ岩がところどころにあるだけの砂地で、魚がいるとはとうてい思えなかった。こんな場所で釣りになるのだろうか。

祖父は籠から二個のバケツを取り出すと、取っ手にロープを結んだ空のほうを海に落として水を汲み上げ、もうひとつに注いだ。それにはコマセに使う解凍した沖アミが入っていた。

「少しずつ撒けばクシロは上げ潮に乗って少しずつ寄ってくる」

祖父はコマセを柄杓で掬って磯際に落とした。それを砕けた波が沖へ運んでいった
三十分ほどコマセを撒き続けたところ、砕けた波が作る白い広がり〈サラシ〉のなかに、小魚が泳ぎ回る姿が見えた。

「そろそろだな」

祖父は調子を変えずに撒き続けた。僕はふと気付いた。祖父の周囲がいやに静かだと思ったら、そこでは風が吹いていなかった。岬が西風を遮っているのだ。

祖父は海の荒れ模様、潮の状況、風の吹き具合などすべてを計算し、条件の悪い場所を立派な釣り場に変えているのだった。僕は「自分で釣り場を作る」という言葉の意味が少し理解できた。真剣にコマセを撒く祖父の姿を見ていて、僕は父のクシロ釣りが好きな理由が分かる気がした。

ほどなく小魚の群れにより大きな魚影が混じりだした。警戒心の薄れたクシロが沖から近づいてきたのだった。

「じいさんはもうしばらく撒き続ける。直人は竿を出して釣る用意をしなさい」

釣り具は山側の岩の平らなところに置いてあった。僕は籠の中から太鼓リールを取り出して竿に装着しようとした。まさにそのときだった、寒さでかじかんだ手からリールが滑り落ちたのは。それは突き出た岩に当たって跳ねたあと、カラカラと磯をころがって海に落ちた。一瞬のできご

とだった。僕は磯を駆け下りようと一歩踏み出した。そのとき怒鳴り声が響いた。

「待て！バカヤロー！」

祖父が駆け寄り、僕は殴られる覚悟をして身を縮めた。希少なものを不注意でなくしたのだ。しかし僕が身体に感じたのは祖父の両腕だった。

「滑るじゃないか。落ちてみろ。岩に打ちつけられるぞ」

僕は抱き寄せられて安全な場所に戻された。

「でも、リールが……」

「あんなもの、どうでもいい」

祖父は籠の中から残りの太鼓リールを取り出して竿に装着した。そして緑色の玉ウキを二個通した道糸にハリスをつなぎ、その先にハリを結んだ。僕は緑色の玉ウキは初めて見た。市販の海釣りのウキは、見やすさのためか、ほとんど赤系の色だった。

「ウキはおとうさんの自作だよ。ヒノキを削って緑に塗った」

「へえ、でも、緑では見にくくないの？」

「サラシのなかではそんなことはないさ。おとうさんはクシロは警戒して赤を避ける、と考えて緑に塗ったんだろうな」

魚が色を識別できるかどうか、僕には分からないが、ちょっとした思い付きを実際に試す父の行動力には驚き、感服した。さあ、父が使った道具と仕掛けで大物を釣るんだ、と僕はハリに餌の沖アミを刺して祖父の合図を待った。

まもなく祖父が柄杓で海面を指し示した。

「あのあたりで当たりがある。竿をさばいて仕掛けをあそこへ流すんだ」

僕は祖父が撒いたコマセのなかに仕掛けを投げ入れ、竿を握り直した。緑のウキはコマセとともに祖父が指し示したところへ流れていった。

「そう、そう。底の岩陰に隠れていたクシロが食い付くはずだ」

祖父の言葉が終わるやいなや、ウキが吸い込まれるように水中に消えた。


江梨の家の台所は流しがとても広かった。おそらく大きな魚、多くの魚をさばくためだろう。そこで僕は生まれて初めて小出刃を握った。祖父に教わりながら、三匹のクシロを三枚におろしたのだ。どれも八百グラム以上あり、まだ膨らんでいなかったが、二匹に卵、一匹に白子があった。祖父はスピニングリールを装着した竿で一匹釣ったあと「今夜食べる分はこれで十分だから」と言って道具を片付け、コマセを撒きながら僕が釣るのを見ていた。だから二匹は僕が釣ったものだった。おろした身は冊に切って冷蔵庫に入れた。中落ちは焼いて骨を取り除いてタローに与えた。タローはもうとっくに僕とじゃれ合う仲になっていた。

調理の後片付けを終えたとき、祖母が入ってきた。テーブルの上に置いた盆に、どら焼きと熱い茶がのっていた。潮風で渇いた喉に餡がひとしおお甘く感じられた。

茶をひとすすりしてから祖父が僕に訊いた。

「直、クリスマスプレゼントに何か欲しいものはあるか?」

「えっ、もらえるの?……でも、何でもいいや」

クリスマスの二日前、百合ヶ丘のアパートへ帰る日、祖父は本当にプレゼントをくれた。早いプレゼントは新しい小出刃とウロコ落としだった。僕は持って帰りたかったが、まだ母に見せるべき包丁の腕ではない、と思い直して机の引き出しにしまった。


三月、小学校の卒業式の前日、母が知り合いから借りた車で江梨に来た。祖父母にお礼を言うためだった。式に出席するためだった。式のあと僕の持ち物を運んで帰るためだった。葉子と一緒にここに泊まる、と前もって聞いていたので、僕は夕食を用意した。祖父が釣った鯛を活作りに、イカを塩辛にした。塩辛はヤリイカの身をスルメイカの肝で和えたもので、僕の工夫だった。それに加えて湯豆腐をだすことにした。「湯豆腐は水から茹でて、沸騰しないうちに食べるのが美味しい」という父の言葉を伝えたかった。

ここを去るのは寂しいけれど、僕はその気持ちを抑えた。祖父も祖母も家族のまとまりを何よりも願っていて、僕がその支えになることを期待しているのに違いなかった。母が仕事に専念できるためなら、僕は何でもする覚悟だった。料理も掃除も洗濯も、葉子の世話も……

E

祖父母の家は江梨のバス停から歩いて数分で、山側にある。

玄関の前で私は立ち止まった。祖父が死んだ現実と直面する心を構えるための緊張だった。私は息をととのえてから引き戸に手を伸ばした。

祖母は笑顔で私を迎えたが、やつれの色は隠せなかった。

「葬儀の手伝いができなくて申し訳ありません」

「いいのよ。おかあさんが駆けつけてくれたし、式は伯父さんが取り仕切って、わたしだって何もしなかったんだから」

京都で買った和菓子と漬物を手渡すと、祖母は私をそのまま居間に通した。そして手土産を霊前に供えた。

「おじいさん、直ちゃんがきてくれましたよ」

遺影の祖父は日焼けした顔に口元をほころばせていた。私が世話になったころの笑顔だった。

私は祭壇に向かって正座して焼香した。そして手を合わせて目を閉じた。闇を抜け出る導きの光となってくれた祖父にひたすら感謝を捧げた。

心が落ち着いてから立ち上がると、私は台所を通り抜けて裏庭に出た。タローがまっしぐらに駆け寄ってくるはずだった。

「もうほとんど見えないのよ。耳も遠くなってね」

背後の祖母が言った。

私は小屋に近寄り「タロー」と声をかけた。日陰で丸まっていた犬の耳がピンと立った。タローはすっと立ち上がり、ゆっくりと寄ってきて、精一杯、尾を振った。私にじゃれつきたくても、その力はもう残っていなかった。私は抱き寄せ頭を撫でてやった。

「寂しくなったな。でも、元気を出せよ」

タローと一緒に庭を歩き回ってから台所に戻ると、祖母がシャツとズボンを持って立っていた。

「浩のものでよかったら着替えていらっしゃい。それとも、先にお風呂を使う?」

「風呂は後で僕が用意してあげるよ」

私は従兄の衣類を受け取って二階に上がった。そしてバッグを置き、ブレザーとシャツを脱ぎ、祖母から手渡されたタオルで汗を拭いた。開いた窓から海風が吹き込んだ。潮の匂いが過去への思いを凝縮させ涙を誘った。私は椅子に座って目を閉じ、涙が乾くのを待った。

心が平静に戻って立ち上がったとき、机の表面の文字が目にはいった。「青色の海」という文字だった。私だったら「海の底」と彫っただろう、と思いながら、私は父が彫った跡を指でなぞった。

降りてダイニングに入ると、テーブルの上に好物のロールケーキが待っていた。

「お茶?それとも紅茶?」

「お茶がいいな」

祖母は新茶の紙袋の封を鋏で切った。

「直ちゃん、式に来られなかったこと、気にしなくてもいいのよ。直ちゃんが勉強しているのがおじいさんの一番の希望なのだから、勉強で来られなかったのなら、本望でしょう」

「でも……本当に感謝の気持ちをひと言でも伝えたかった。自分で言うのはおこがましいけれど、メスの技術も縫合の技術も研究室で僕が最も優れている。これはおじいさんから刃物の使い方とロープと糸の結び方を教わったおかげだ。それだけでも知ってもらいたかった」

「いいわ。仏さんのおじいさんにその気持ちとこれからの直ちゃんの成長振りをわたしが代わって伝えてあげる」

私が緊急病院で診察と手術に従事するのは週末だけで、たいてい大学の研究室にいることは祖母に話してあった。しかし刺激が強すぎると思い、人間と猿の開頭手術の執刀を担当していることは伏せてあった。いずれ明かさなければならない時がくるだろう。

私はロールケーキをフォークで切り、ひと口食べた。祖母はポットの熱湯を陶器の湯冷ましに注いだ。私は気になることがあって話頭を変えた。

「船はどうするの？」

「伯父さんと浩が釣りに使う、って」

「そう、それはよかった」

祖父と私を強くつなぐものが失われていないことが私には本当にうれしかった。できたら彼らと一緒に船に乗りたいと思ったが、当面その余裕はもてそうになかった。

「食べ終わったら、おじいさんの部屋に入ってもいい？」

「そうね。生きていたときのままにしてあるから……」

私は祖母が茶を飲み干すのを待って立ち上がった。

祖父の部屋は整然としていた。几帳面な性格のせいか、便宜上からか、船上でも部屋の中でも祖父には物を置く場所に決まりがあった。それで私は何処に何が置いてあるのか、おおよその見当がついた。私は机上の本立てに手を伸ばし、本と本の間から折り畳んだ数枚の海図を引き抜いた。つなぎ合わせると駿河湾全体の地図になる。一枚を広げると、無数の×印が目を引いた。釣り場を示す印だった。祖父は海図で海底の形状を想像すると、船のソナーで確認し、潮の流れの良いときに試し釣りをした。その結果見つけた根の位置が×印だった。その海図を見たとき、「海の底は未知の世界だ」と言う祖父の言葉が思い出された。

私はそれを畳み直し、他の海図と一緒に祖母に手渡した。

「これを浩さんに渡してください。きっと役に立つと思う」

「あら……」

祖母は部屋の中を見回した。

「直ちゃんも、欲しいものがあれば、何でも持っていっていいのよ」

「貰っていいの？」

「もちろんよ。それが一番うれしいんだから」

祖母の言葉に甘えて、私は棚から白木の箱を下ろし、中から世の中に一つしかない太鼓リールを取り出した。さらに仕掛け入れの箱を見つけて疑似餌も二個だけもらっていくつもりだった。

掌篇部門

最優秀賞

海《うみ》へ

鈴木《すずき》　みゆ

リュウグウノツカイという深海魚の標本は、建物の片隅にひっそりと展示されていた。真っ白なぶよぶよの細長い体、色あせた背びれは昔のままだ。

夏の終わり、三保の海洋博物館は空いていて、この神秘的で奇妙な魚をのんびりと眺めることができた。変わった姿形なのに、印象は優しく柔和だ。かすみがかった月のように、見るたびに安らぎを覚える。

友人にこの魚の話をした時、「そんな標本あったかな」と首をかしげられて、足がすくむような気がした。何度も一緒に見たはずなのに。過去という足場が、急にぐらぐらしたように思えた。記憶は、夢のように輪郭が曖昧でおぼろげだ。浦島太郎のことを思い出した。太郎も海から戻ってきて、自分の記憶に対して頼りなく感じたかもしれない。

リュウグウノツカイの反対側に、大型魚と色とりどりの小魚が泳ぐ大水槽がある。水と光が作り出す模様が水底に広がり、その前に立つと海の中を漂っている心地がする。近寄ってきた大きな魚と目が合ったので、顔を近づけてみたが、つるんとした目玉からは何も読み取れなかった。

逆に自分の心を覗かれているような気がして、ひやりとする。

　ずっと時間に追い立てられているようだった。仕事が忙しかった。結婚して離婚した。仕事に行けなくなって、休職した。それでも、なぜか息苦しさは続いている。空白のカレンダーは、ヒリヒリした焦燥感を煽るようだった。

　日常と距離を置きたい時、ここは逃げ込むのにぴったりだ。暗くひんやりとした空気の中で、水槽の中を回り続けている魚や海藻を見ていると、頭が静かになっていく。水の揺らぎや生き物の色彩は、見飽きることがない。外の世界より、ここは時間がゆるやかに流れている。竜宮城と地上の時間が全く違っていたように。

　ゆっくり歩いていって、壁一面にずらりと並んだ生物標本を見る。標本というのは過去の断片だ。その生命のかがやく一瞬をとどめていて、時の流れに抵抗している。だから自分は気持ちが落ち着くのだろう。

　それだけに、来春この施設が閉館すると聞いたときは、実感がわかなかった。老朽化しているし、新しい水族館ができるという話もあって、閉めるという。自分が大切にしていた場所がなくなることは、自分の一部が欠けてしまうような感覚だ。リュウグウノツカイやほかの魚たちは、一体どこへ行ってしまうのだろう。

　ベンチに座って少しうとうととして、空腹感で我に返った。腹時計は正確に時を刻んでいるようで、少しかなしかった。時計の針は、自分の気持ちとは無関係に、いつでも同じ速さで進んでしまう。もっとここにいたかったけれど、そろそろ帰る時間だ。

外に出ようとして、出口に立っていた係員の人と目が合い、思わず話しかけた。

「あの、ここは閉館になるって本当ですか？」

係員の人は「そうです。」と答えて、笑顔で一言付け加えた。

「まだ決まっていませんが、地域の要望が多いので、今後もしばらく開館を続けるかもしれません。展示は少なくなると思いますが。また発表がありますよ」

意外な言葉を聞いてびっくりし、お礼だけ言って外に出た。心の中の靄にうっすら日が差してきたようで、足取りは軽くなった。まだしばらくのあいだ、自分は竜宮城に来ることができるかもしれない。

外は刺すような強い日差しで、視界が真っ白になる。暗い海から引き上げられた深海魚も、やっぱりまぶしいのだろうか。熱い風が頬を撫でて、潮の匂いがした。

海が見たい、と急に思った。水族館は海に面しているのに、大人になってから立ち寄ることはなかった。

売店でパンを買って海岸まで出た。目の前に海が広がった途端、体は波の音と飛沫につつまれた。海は凪いでいた。まだ明るい夏の色をしている。その下には不思議な生き物たちがいて、暗く静かな時間が流れているのだろう。雨や、陸から流れ込むさまざまなものをすべて受け入れて、海は何も言わず横たわっていた。久しぶりに見た本物の海は、底知れぬ怖さと美しさがあって、軽くめまいがする。

湿った空気の向こうに、伊豆半島がかすんで見える。幼いころは、行こうと思えばすぐ行けそうに思えた。

「意外と遠いから、すぐには行けないよ」

母の声が聞こえた気がした。いつかの遠い夏の一日と同じように、真っ青な空に入道雲がのさばっている。

浜辺では、子供たちが遊んでいた。笑い声が風に乗って、途切れ途切れ聞こえてくる。波打ち際に裸足で立って、寄せてくる波に足が洗われるのを面白がっているのだ。

波は予測できない。穏やかな波の後に突然深く引き、大きなうねりとなる時もあれば、なかなか来ないこともある。

松の木陰に腰を下ろしてパンをかじる。パンと一緒に潮の匂いも飲み込む。体に海がしみこんでいく。自分が大きなものの一部になっていくようだった。また一口かじって、飲み込む。

食べ終えてからも、ただぼんやりと海を見ていた。入道雲はどんどん大きくなっている。一雨来るのかもしれない。雨が降って海になり、海からまた雲ができて雨になる。気の遠くなるような繰り返しの中、変わらないものは何一つない。

水平線の向こうから、亀ではなくて、水上バスがゆっくりとやってくるのが見えた。

優秀賞

畳《たたみ》のある家《いえ》

T《ティー》・S《エス》・デミ

老人ホームに移った祖父の代わりに掃除と片付けをするべく、二〇年ぶりに伊豆長岡にある母方の実家を訪れた。木製の引違い戸を開けると乾いた音が鳴り、瞬く間にカビの匂いが鼻をつく。空虚な家の中に留まる空気は熱気と湿気を含み、新鮮な初夏の気配はどこにもなく、むしろ一秒毎に何かが失われていく侘しさと一秒毎に家のすべてが結晶化していく頑固さが充満していた。五歳の娘はおれの手からすり抜け、知らない家に興奮しながら靴を飛び散らせる。掌よりも小さな靴を整えた頃には、娘はかつての遊び場だった畳の部屋で走り回っていて、時折腰を曲げて畳や障子に触れては不思議そうな顔をした。横浜のタワーマンションで育つ娘は、畳の部屋を歩くのがはじめてだった。

一緒に来ていた母が基本的には片付けを担当して、おれは今見えている視界の中心だけを重点的に掃除した。正直に言って、おれは少し怯えていた。今まで避けてきたものを見るのではないか。突発的に何かと遭遇するのではないか。具体的に何がというわけではなく、要するに心を掻き乱すようなものは見たくなかった、今やおれは一児の父なのだ。子供の前でいかなる動揺もしたくない。少なくとも、ここに住んでいた祖父はそんな迫力のある人だった。

冷房が効かず娘が暑いと言い出したとき、真っ先に思い出したのはこの家の冷凍庫。子供の頃、ここに来るのを楽しみにしていた理由は普段食べられないアイスがあるからだった。ハーシーズとヨーロピアンシュガーコーン。外国のアイスだ、と小さかったおれは思った。アメリカとヨーロッパのおしゃれなアイス。娘にも食べさせたいと思いついたが、よく祖母と行った向かいの芹沢スーパーに入る勇気はなく（まず今でも営業をつづけていることに驚いたが）、あいにくコンビニも近くにないから仕方なく家から歩いて一分の自動販売機でオレンジジュースを買った。畳に飽きた娘にｉＰａｄを渡し、掃除をつづける。家は地下のある二階建てで、階段を上っても下りても思い出とぶつかった。二階は一階よりもさらにうらぶれて、木の柱には兄弟と従兄弟と身長を競い合った痕跡が刻まれていたうえに紫色に変色したテニスボールが天井の柱と柱のあいだに挟まっていて、それは従兄弟が外から中にいたおれに向けて投げたボールだった。地下は外に繋がり、そこは狩野川祭りのときに家族や親戚と花火で遊んだ中庭。妹と弟と従兄弟で誰が一番線香花火を長持ちさせられるかを勝負し、ズルをした弟に向けてロケット花火をぶちまけた場所。意図せず記憶が鮮明に蘇り、おれは少しのあいだその場に立ち尽くした。もっと覚悟するべきだった。ここに来てしまった時点で、感傷から逃げることなんてできないのだ。

それでも過度に何かを感じ取ろうとはしなかった。祖母の遺影からは目を逸らし、本棚に並べられた明らかに思い出たっぷりの写真アルバムには手をつけず、水色のタイル張りがされた風呂場では携帯電話からラジオを流しながら掃除した。過去の場に現在を持ち込む。タイルのひび割れから引き出されてしまう思い出の洪水から身を守るために。

けれども運命は避けられない。今までの精神的苦闘が一気に水の泡になるとき、それは娘に今日一番の笑顔が灯ったときだった。一階から娘の歓喜の声が聞こえた。それから階段を上がる音。おれの目の前に走ってきた娘の手にはｉＰａｄではなく、ドラえもんのドンジャラがあった。あまりの懐かしさに、おれは思わず感嘆の声を漏らした。何度このゲームがきっかけで弟の機嫌が悪くなっただろう。幾度となく遊び、数多の波乱を生んだ遺産の表面には埃がかぶっていた。一緒にやろ、と娘は言った。その光景自体、子供のおれが祖母に頼んだ幼少期そのものだった。昔の彼女と違うのは、もう自分がこのゲームのルールを覚えていないこと。娘にこのゲームのおもしろさを伝えてあげられないことだった。

おれは目頭が熱くなるのを感じて、咄嗟に娘から目を背けた。ごめんな、掃除しなくちゃいけないんだ。声が震えないようにゆっくり言うと、娘はおとなしく言うことを聞いて走り去った。その背中を見ておれは肩をすくめ、大きく一度深呼吸をした。娘にとって本当に理想の父なのか、考えていると普段寡黙な祖父の存在を思い出した。戦前に生まれた彼は、原爆が落ちた日にニュースを見ながらよく言った。悲しみに期限はない。破れた障子は破れたままなんだ。今やっと、その意味がわかった気がした。おれは悲しんでいる。この家の静けさに。見て見ぬふりをしてきたものの多さに。そして後悔している。祖父母に顔を見せず、ずっと逃げてきたことを。おれは娘を見つけて言った。片付けが終わったら、ひいおじいちゃんのとこ行こうか。

優秀賞

ヤマモモの実《み》が熟《じゅく》す頃《ころ》

阿部《あべ》　英子《えいこ》

七月十三日は祖母の命日だ。遠州地方はお盆で初盆の家に、大念仏がやって来る。祖母が元気だった頃から、大念仏が好きで、十三日になると朝からそわそわしていた。初盆の家をそれぞれ回るので、来る時間は決まっていない。夜中になることが多かった。服を着たまま祖母と一緒に布団に入り、その時を待つ。

「ばあちゃん、太鼓の音聞こえたかね」

「まだまだだね」

耳を澄ませて、何度も確かめる。

ドーン、ドーン

かすかに聞こえる太鼓の音。

「ばあちゃん、来たよ。行こう」

布団から出て、祖母の手を引っ張り、外に出る。真っ暗な道、月明りと懐中電灯をたよりに太鼓の音のする方に進む。音が近づくにつれて人も増え、明るくなる。

「大念仏って、何」

祖母に聞いたことがある。

「亡くなった人の魂が、お盆に帰ってくるから、その魂を慰める踊りだよ」

と言った。大念仏の踊りを見ながら、祖母は時々涙ぐんでいた。

祖母は、末息子の英一を亡くしている。父の弟で私には叔父にあたる。近衛兵として出征し負傷して帰還した後亡くなった。叔母が「英一兄さんは、遠州大念仏が大好きで、毎年踊りに参加していたの。背が高く踊りも上手で一際目立っていていたよ」と言っていた。座敷に飾られている叔父の写真は優しい目をしている。祖母は大念仏を見ながら、叔父の姿を探していたのかもしれない。

祖母は裏庭の小屋で五十羽の鶏を放し飼いにしていた。私は菜っ葉を切ったり、水をかえたりして手伝うことが楽しかった。

ところが、伊勢湾台風の強風であおられて、鶏小屋の隣にあった松の木が倒れ、小屋がつぶれてしまった。失意の中で小屋を片付けた祖母は、体をこわし、寝たきりになってしまった。高いヤマモモの木が見える奥座敷で、寝たり起きたりしながら療養していた。

「ばあちゃん、ヤマモモの実がなってるよ」

話しかけても言葉が返って来ない日が多くなり、笑顔も見られなくなっていった。

「ばあちゃん、もうすぐお盆だよ。大念仏見に行こうね」

祖母の手を握ると、小さく頷いた。

七月十三日のお盆の日、学校から帰ると、玄関にたくさんの靴が並んでいた。親戚が集まって、奥座敷に寝ている祖母を囲んでいた。

母は台所で落ち着かない様子だった。

夕暮れ近くなり、辺りが薄暗くなってきた。すると一陣の風が吹き、ヤマモモの赤黒い実がポトポト地面に落ちた。

ドーンドーン

遠くから太鼓の音が聞こえてきた。今夜は隣家のおじいさんの初盆だ。音がだんだん近づいてきた。すると音に合わせたかのように祖母の息遣いが速くなってきた。表通りは、大念仏を見に行く人の声で賑やかになってきた。私の胸が高鳴った。ばあちゃん、大念仏がやってきたよ。はやる気持ちを抑えた。

通りに出ると、大念仏の先頭を行く提灯のあかりが見えた。その後ろを編み笠をかぶった浴衣姿の男衆の行列が歩いてきた。笛を吹き太鼓をたたき、白壁の横を通り、隣家の中庭の竹垣の前に立った。

太鼓を抱えた踊り手の男衆が五人、横一列に庭の真ん中に並んで座り、遺影の前で一礼をした。横笛の澄んだ音色が静かに響き渡ると、バチを持ち両手を高く上げた。歌い手が扇を口に当て低い声で唄いだす。男衆が立ち上がり、バチをならし太鼓をたたき始めた。

その時、背の高い青年の横顔が私の目の前を通り過ぎた。編み笠の下に見えたきりりとした目、たすき掛け浴衣の凛々しい立ち姿、一分のすきもない所作、力強い踊り。英一おじちゃんだ。

空を見上げると満月。月の明りが中庭の青年を照らす。

「おじちゃんが、ばあちゃんを迎えに来た」

槇囲い一つ隔てた私の家に、祖母が寝ている。

「チャーンチャヤチャヤ、なんでもしょい」

赤いたすきが宙に舞う。涙があふれてきた。

ゴーン

大きな鉦《かね》の音が鳴り響く。この音は、地獄の門を開く音だといわれている。

「そーれ」

突然かけ声がして、バンバンと激しいバチの音。太鼓を打ちならしながら、庭を回って隣の家から行列が出て行った。

「ばあちゃん」

私はあわてて家に戻った。奥座敷から、すすり泣く声が聞こえてきた。母の目に、涙があふれていた。

大念仏の音が遠く、小さくなっていく。

優秀賞

闇《やみ》を照《て》らすのは

みなみつきひ

祖母と暮らしはじめて一週間が経っても、私は日がな一日、畳に寝そべったままだった。手足に力が入らず、立っても座っても宙に浮かんでいるみたいだった。地球にしがみついていなければ、風船みたいにどこかへ飛んでいってしまいそうで怖かった。だから畳にへばりついていた。

あの日、どうしてホームセンターへ行かなかったのだろう。どうして父と母と一緒に……どうせなら、みんなで行けばよかったのだ。そればかりを考えてしまう。

夏休みに予定していたキャンプで使う焚き火グリルを新調するのだと言って、母は、「由羅もホームセンター行く?」と、私を誘った。

その時はただ、学校で借りたマンガがちょうど面白いところだったから、「いいや、行ってきて」と断った。ごくありふれた日常だった。その母の声かけが最期の言葉になるなんて、どうすれば想像できただろう。父の運転していた車が、中央分離帯をはみ出してきた居眠り運転のトラックと正面衝突。父も母も即死だった。

「由羅、食べたいもんあるかあ？」

静岡の祖母の家は、夏休みに遊びにやって来る場所だった。スイカを割ったり畑の手伝いをしたりして、楽しい思い出を持ち帰る場所だった。それなのに突然、ふたりだけの生活が始まった。

「何でもいいよ」祖母の顔をうかがいながら答える。

「昨日みたいにまた何も食べんら。亜由美に、もっと由羅の好きなもん聞いとけばよかった」

祖母はひとりごとのように言うと、花柄の前掛けで手を拭きながら、台所の奥へ入って行った。私は祖母の背中を見送ってから畳に手をつき、逆向きに寝返りを打った。

ことん、という音にハッとして、自分が寝落ちしていたことに気がつく。最近、夜中にうまく眠れていないせいだろう。薄く目を開けると、竿縁の古い天井が目に入った。ああ、やっぱり、現実は変わっていないのだ。私は再び目を閉じた。

「こんなことなら、大きな机、捨てんけりゃよかった」

小さなちゃぶ台に祖母が料理を並べている。この家は、ひとり暮らし用のものばかりだったから、ふたり分の料理を乗せるだけで、ちゃぶ台はぎゅうぎゅうになった。

「由羅は成長期だに。栄養とらんと」

祖母は料理上手だ。次々と並ぶ茶色い煮物や、緑色の和え物はもちろんどれも美味しいのだろう。栄養があるのも分かっている。でも、どうしても、口に入れる気力がわかなかった。わたしの表情を確認した祖母は、またとぼとぼと台所へ戻った。祖母だってひとり娘を亡くしたのだ。

気落ちしていないわけがない。それなのにこうして、料理を作ってくれている。感謝しないと。しっかり食べないと。そう思えば思うほど、胃が縮み上がって苦しくなった。

しゅわしゅわ、しゅわしゅわ。

数分後、台所の奥から小気味よい音とともに特有の匂いが漂ってくる。なんだっけ、これ。よく知っている匂い。懐かしい。目を閉じて記憶をたどる。母だ。台所に立つ母の姿が目の裏に映った。母も私も笑っている。きっと私の好物に違いない。違いないのに、それが何なのか思い出せない。仰向けになって両手を伸ばす。つかめるものは何もなかった。限りなく遠い。母まで遠くに行ってしまった。すべてが心許なくなっていく。私はほんとうにそれを食べたことがあるのか。母はほんとうにそれを作ってくれていたのか。確かだったはずの記憶が薄れて、何もかもがあやふやになっていく。

「ほれ、桜エビのかき揚げ」

祖母の言葉にハッとして目を開けると、祖母がちゃぶ台のまん中に白い皿をこんと置いた。その上には、桜色をしたエビがこんがりと揚がっている。

この匂い。この色。わたしは勢いよく体を起こすと、箸を手にした。

「いただきます」

慌てて口に入れると、「やけどすっぞ」と祖母が目を丸くして言った。

やけどしてもいい。わたしは思いきり頬張った。あふっ。口の中に、甘みと旨味が広がっていく。懐かしく温かい。死にかけていた細胞が一気に覚醒していく。

「おい、しい……」

隣で見つめていた祖母も箸を取り、つまんだかき揚げを口に入れた。

「よう揚がっとる」

サクッ、サクッ。祖母の口元から、いい音がした。

「由羅は桜エビが好きやったか。駿河湾の桜エビは格別だに」

そうかそうか、と祖母は嬉しそうに何度もうなずく。

「桜エビは、昼間は、深ーい海でじっとしとる。そこから夜になると、上がってくる。あの小さな体に百六十も発光体があって、それを光らせる。下から魚に食われないよう、必死に光るに。小さくてもきらきら光る。こっちもしっかり生きんと、ばちがあたるに」

祖母が言い終わる頃には、私の目から涙がぼろぼろとこぼれていた。

「亜由美も、茂俊さんも、もっと生きたかったやろうに」

隣を見ると、祖母も泣いていた。いつも豪快な祖母の涙を初めて見た。

もう一口、食べる。サクッ、サクッ。サクッ、サクッ。音に合わせて、涙がこぼれる。もう一口、あと一口。サクッ、ぼろ。サクッ、ぼろぼろぼろ。止めることができなかった。皿の外にかき揚げも涙もぼろぼろとこぼれた。

どのくらい経ったのだろう。ふと見ると、かき揚げはすっかりなくなっていた。

「食べてしまった、こんなに」

「ねえ」と、祖母は驚いた顔で私を見た後、ふっと笑った。

「太るかな」

「いいや、でもばあちゃんは食べすぎたな」

祖母の口の端についた衣を、タオルで拭ってやる。さっきまで暗闇を彷徨っていたはずなのに。

私も何だか可笑しくなって、笑みがこぼれた。母もどこかでくすっと笑っているような気がした。

桜エビに照らされて、私たちのこれからがはじまる。

優秀賞

尊之島《そんのしま》エレジー

宮内《みやうち》 昭子《あきこ》

昭和二十九年九月十九日、私達家族六人は鎌倉から伊豆半島の駿河湾に面した田子という漁村に移って来た。父は三十五歳で教員試験を受けこの村の中学にすでに赴任していて、その日家族の到着を待っていてくれた。バスを降りると、通りに沿って両側に商店がならび、子供も大人もガチャガチャ下駄の音を立てながら歩いていた。

七歳の私は沼津から四時間ものバスの長旅でふらふらしていたが、迎えに来てくれた父が

「田子はほら、海があって、魚もうまいし、みんな親切だよ」

と言って途中文房具屋や時計屋、肉屋のおじさん達に私たちを紹介してくれたので元気になった。

「ここの角を左に曲がって川沿いに歩くとお家があるよ」

と父が言った。九月のまだ暑さが残る道で、よそ者の一団が歩いている姿を珍しそうに見ている人もいた。鰹節のにおいが先々から流れていた。

七〇年後、時々グーグルアースで今まで生活したところや、仕事で一時期暮らした北アフリカ

やインドなどの地を見て回り、楽しむことがある。地名を入れれば上空から3D画像で探索できる。ある時、田子って今どうなっているのだろうかと思い、場所を入力し一気に飛んだ。

子供の頃の記憶にある場所や建物は、大人とは違う視界や視覚なので仕方がないが、まず町の小ささに驚いた。つくだ煮屋さん、おしゃれな母がよく行った仕立屋さんは同じ位置、東京の人がわざわざ食べに来た有名なお寿司屋さんはここだったはずだと思ったが店舗はない。また漁村には不釣り合いな雰囲気のある庭があり、時折、銭湯で会う色が白く背中に花の絵がある数人のお姉さんがいた大きな家は、ない。地形の一番変わったところは、海岸線だ。海を埋め立て広くなっているが、鰹船の大漁旗もなくマリンスポーツや釣りのスポットになっている。谷のような地形にびっしりくっついた家々と狭い路地だけは昔と変わらないが何か寂しい。そこで日が暮れるまで遊んだことや、村で起きた数々の記憶がよみがえり、話し声までが聞こえる気がして私は過去に引ずりこまれた。

住み始めて二年後、昭和三十一年この村は町に昇格し活気づいた。それまで小型の鰹釣り漁船が二十隻ほどしかなかった港には桟橋ができ、初めて見る真っ白な一〇〇トンの新しい鰹船にびっくりして友達と「スゴイガー、デッカイガー」と大声を上げた。

田子の海は湾になっている。子供の時、陸から見たので狭い海だと思っていた。砂浜のある隣の大田子の浜は目の前に海原が広がる。遠くに田子島、メガネッチョも見える。この浜は最近、夕日「日本一」に選ばれたそうだが、当時夕暮れ時を楽しむ人などいなかった。

まだ戦後十年足らず、人々は生きていくことに必死だった。その大田子の浜からトンネルで繋がる田子港から海岸線に沿った入り江をグルーと左手に進み、岬の突端から海を挟んで大きな尊之島に続く。小学三年生の時習字の時間、半紙に「山」と書いたら墨のつけ過ぎで滲んでしまった。みんなから「尊之島になっちゃたがぁ」と笑われた。三つの島が合体した山のような形だ。あの頃島は不気味なほど全体に濃い樹木で覆われていて、入り江の突端から人が左腕を回したような先にあり、海と町を抱えている感じだった。この大きな尊之島のおかげで冬海上からの西風や高波がだいぶ遮られるので、昔は近海を行き来する小舟や漁船が嵐にあった時の風待港だった。だが天候や体が回復しても、なぜかこの地に居ついてしまい二度と故郷や妻子の元には帰らなかった理由はなんだったのだろう。漁師の他、国の役人、都人、あるときは流罪の人もいたそうだ。村人の情にほだされた人や、身を隠したい人もいたのだろう。田子の言葉は伊豆のどの地とも違うといわれるが、長い歴史の中でいろいろな言葉が接触して田子の方言になったようだ。

小学校四年生の時、釣り好きの父が私を伝馬船で尊之島まで連れて行ってくれた。大きな島が影になり海が深い緑色をしていた。島の後ろは外海だ。父は船を島に寄せようとしたが、ごつごつした岩に当たり、そして突き放され私は船の中でひっくり返った。父は「この島は難しいな」と言って櫓を回した。暗い内海に櫓のギィギィする音だけが続いた。戻る途中、大きな生簀に鰹の餌になるイワシがたくさん泳ぐのを見て楽しんだ。漁港にあと少しのところで、ふと振り向くと尊之島がまだ私のすぐそばに黒く覆うようにして立っていた。陸から二キロほどしか離れていないのに尊之島には近づいてはいけない何かがあった。

この日の伝馬船は私の冒険旅行だった。母はこの島のことを「ぞうぞうしい（大きくて邪魔）島で嫌だわ」と言った。又「お父さんがここに来ることを私はもっと反対すればよかったのよ。ここに来たのが運の尽き。損したわ。でも早くこの田子から出ないと」と「尊」を「損」に勝手に変えていた。反対に父にとってここはパラダイスで船主さんや操縦士さんに好かれ、夏休みに鰹船に乗せてもらい漁師さんたちと小笠原沖で鰹を追った。母は家庭を省みない夫と五人の娘たちを抱え、この行き場のない田子の生活に疲れ果てて「いつになったらここから出られるのかしら」と嘆いてばかりいた。そして私たち子供が田子弁を使うことすら嫌がった。父にも転勤希望を出して出してと執拗に言っていたのを覚えている。私も転校してきた最初はとことんいじめられたが、どんな怖い遊びも田子の子と同じように、しゃくらかしたら（なんでもできたら）仲間になれた。田子の人達も私を見ると「アキコ　なにしてるがぁ、こっちにこらっしゃい」などと親戚の様にかわいがってくれた。ここの女の人は遠くにはお嫁に行かず大抵ここの漁師さんと結婚するので、町中が親戚になる。その繋がりのことを「おやこ」と言っていたくらいだ。ある時友達の家で尊之島まで行ったことを話すと、そこのおばさんはきっとした顔で「尊之島は神さんの島だがで。田子を守ってくれているが。拝まんと。魚取ったりしたらだめだが」と言われた。まだ子供なので「尊」の意味も解らなかったが、神さんと聞いてちょっとびっくりした。

ここで四年が過ぎたころ私も母と同じように、どこでもいいからここから出たいなと思うようになった。時々見る尊之島は、田子を守ってくれているようでも一度入った人を逃がさない島のような気がした。島は自身の左腕をまわし、湾を作り、町から外に出ることを許してくれない。だから昔、流れ着いた人や風待ちをしていた人を、帰すことなくこの地に住まわせたのだ。漁のための男手が必要で、その支えの女に子供も増やさせなければならなかったのだ。私は「尊之島が通せんぼうしないうち早く出なきゃ」と思った。

昭和三十四年春、父の転勤が決まり、田子を去る日が来た。海路は妹が船酔いするのでバスになった。バスの窓から尊之島を横目でちらりと見た。デンとして田子を抱えている。

「ほんとはここが好きだけど出ていくよ。いいね」

と私は言った。尊之島は、すっと左腕をはずしてくれた。

島も長いこと人々を守ってきたが、現在の田子の人口は千七百人くらいだと知った。島への畏敬は世の中の変化の中で薄れていった。

優秀賞

鬼射《おびしゃ》の的《まと》

溪口《たにぐち》　輝《ひかる》

めいっぱいまで張った弦が耳元できりきりと鳴っている。矢をつがえる際に肌脱ぎをした左腕は、寒風にさらされながらも確かな力で弓柄全体を支えている。ふと、遠くの線路を電車が走る音が聴こえた。宏は考えるともなく、半年前に地区の寄り合いがあった日のことを思い出していた。

「若いのもいないし、鬼射の射手の件、考えてくれんか」

「もう少し、考えさせてもらえないですか…」

地区の寄り合いが終わり公会堂を出る時、以前から打診されていた話を区長に振られた宏はあいまいな返事をした。

「鬼射」はこの地域に伝わる伝統行事である。毎年2月に、神社の境内で2名の射手が的を射て、氏子の無病息災と五穀豊穣を願うが、コロナ禍にあって中断されていたため、今年は3年ぶりの実施となる。神事特有の緊張感から、的に命中した時の「当たり」のかけ声で一斉に拍手が起こる、あの一体感が宏は好きだった。この地域に住むようになって30数年、毎年のように見学し、最近では地区の役員として手伝いもしてきたが、射手はさすがに荷が重かった。

「体力的には大丈夫だと思うんだけどなあ」

自宅で夕食を終えた後、台所から妻の佳代が声をかけた。

「なんか、自分に本当にできるのか、そもそもやっていいのかって気持ちもあってさ…」

ふと、食器を洗い終えた佳代が振り返り、いたずらっぽくこう言った。

「ねえ、〝銀河鉄道〟、久しぶりに見に行かない？」

家から少し歩いたところに鉄橋が架かっており、上を電車が通る。電車が姿を見せるのは、山のトンネルとトンネルの間のほんの数秒だが、暗闇を通り抜ける光の列はまるで銀河鉄道のようだと、娘の友香が小さかった頃はよく3人で見に行っていた。

街灯もまばらな夜道を歩きながら、宏は佳代に話しかけた。

「友香は、今年の夏休み帰って来るかな」

「どうかなあ、通常勤務になって仕事も忙しいって言ってたし、子どものこともあるでしょうから…」

「コロナが流行ってから、人も、行事も、何でも振り回されてばっかりだな」

地元の出身ではない宏は、この地方の中心部にある建設会社に就職し、佳代と結婚をして、この地域に来た。決して楽なことばかりではなかったが、家族揃ってここまで無事にやってきたし、仕事で関わった施設や飲食店に人が集まっているのを見ると、建物を造るだけでなく、地域をつくることにも貢献してきたのだという自負も感じていた。

ただ、定年で会社を辞めてから、ちょうどこのコロナの流行もあり、何か無力感のようなものに打たれることが多くなっていた。住民も観光客も少なくなり、活気を失いかけているまちに、どこか自身の老いを重ねているようなところもあるのかもしれない。

「ほら！　電車の音」

「お！　来たか」

慌てて見上げると、普通電車の銀河鉄道は、がたがたと音を立てながら、頭上の鉄橋を通り過ぎていく。乗客は数えるほどだったが、帰省か観光か、大きなリュックを背負った青年が窓際に立っており、目が合った。いや、正確には目が合ったような気がしただけだったかもしれない。

涼しい風が吹いていた。電車はすぐに見えなくなったが、視界に光の残像を感じながら、宏はこの電車が運んできたものと、これから運んでいくものについて、思いを馳せていた。

「冷えてきたね、帰ろっか」

「金曜の夜なのに、乗客少なかったな」

「観光客もだいぶ少なくなったもんね」

「……あのさ、やってみるよ、射手」

「え……」

「やるからにはバシッと決めて、無病息災、家内安全、間違いなしだな！」

電車が通り過ぎた後の真っ暗な道だったが、佳代の顔に笑みが灯ったのがはっきりとわかった。

車窓に見えた青年の顔が、宏には何となく若い頃の自分に似ている気がしたのだが、恥ずかしいのでそれは言わなかった。ただ、宏は、自分がこのまちに来たばかりの頃の気持ちが、まだ体のどこかに残っていることを強く感じ、何ともこそばゆいような、力強いような不思議な気持ちがしていた。


電車が通り過ぎていく音を聴いた宏は、「大丈夫」と心の中で呟いて、再び意識を眼前にある的の真ん中、その一点へと集中させた。

すっと右手の力を抜くと、放たれた矢は空を裂き、一直線に的へと吸い込まれた。観衆の中から声がした。

「当たりっ！」

選評

強力新人寺田勢司の参上だ

嵐山 光三郎

田沼意次（一七一九〜八八）は十代将軍家治の側用人から老中となり、遠江相良藩主として「田沼時代」という二十年間の幕府実権を握った。もとを正せば紀州足軽の出で六〇〇石の旗本から出発して加増を重ね、五万七千石の大名となった。

栄えるものは滅びるのも早く、天明（一七八六）に老中を罷免され、領地二万七千石をとりあげられ、下屋敷蟄居となり、遠州相良の城も没収された。寺田勢司は、滅びゆく破城の実況中継を見てきたように書いていく。田沼時代は天災が多く、明和九年（一七七二）の江戸大火、浅間山大噴火と大飢饉があった。大火の焼死者は一万四七〇〇人余といわれる。人々はこれを明和九（めいわく）といってさわぎたて、同年十一月に安永（永く安かれ）と改元された。

相良に籠城中「鰺の干物諸共、七輪を火薬樽の中に放り込みまするぞ」のセリフが愉快ユカイ。この短編の主人公四郎兵衛は築城差配を仕切っていた廻船問屋の亭主だ。

硝煙樽五、硝煙木箱十、まことに威勢がよろしい。ついでに鰺の干物を焼いている四郎兵衛の運命やいかに。江戸の商人は武士以上に心意気がいい。闊達な文章でさえるが、漢字が多すぎるので、もう一皮むいたわかりやすい文体で「田沼時代」の全容と活劇人情話を一冊書いてほしい。今後が期待される。

「三日のつもりが三ヶ月　しずおか、静岡」は八千代さんが夜の九時ごろ、駅前にあるスーパーマーケットの駐車場の車どめで転んで、救急車に乗せられて病院に運ばれた。搬送先は掛川市にある中東遠総合医療センター。救急隊員が静岡弁で話しかけてくれたので癒やされた。

診察の結果、右膝は「膝蓋骨骨折」で、膝の皿が割れた。京都に住んでいるが、夏の三カ月金谷の実家に泊り、通院した。横山さんはふるさとの友人たちと会い、ご先祖さま、亡き両親たちが与えてくれた三カ月を過ごした。年をとると、みなさん転びますね。私も昨年七月、アムステルダムの路上で転倒し、救急車に乗りました。

佳作「兎たちの居た場所」は、遠州に生まれた杏奈の物語。みんなに「豆腐」と呼ばれていた。鬼ごっこで足が遅いので、「触ってははいけない人」のことだ。豆腐の杏奈と兎たちの心ふるえる小説。わが家は兎が家のなかで放し飼いでした。

青木繁喜さんの「太鼓リール」は釣りの話が楽しい。私は海釣りをしてましたので。

大地震の後で

太田　治子

今年は、元日早々能登半島に大地震が発生しました。大変にショックなことでした。十二日に伊豆文学賞選考のために熱海駅へおりた私は、熱海駅周辺が例年と変わらない穏やかさをたたえているることにほっとしました。のどかな青空がひろがっていました。しかし、心の中には今日の選考会が、嵐山光三郎さんと私の二人だけの審査となることへの緊張感も残っていたのです。これ迄の四人の選考委員のうち、三木卓さんは昨年の十一月十八日におなくなりになられました。一方いつもお元気な村松友視さんは、急病のため欠席されることになったのでした。嵐山さんがはつらつとしてみえることが、何よりの幸いでした。寺田勢司さんの小説『破城の主人』が、今回の最優秀作となりました。歴史にうとい私には、読みこなすのが大変にむつかしい作品でした。しばらく読み進むうちに、ようやく田沼意次の名前が登場、小説のタイトルにも使われている破城とは、意次の城らしいことがわかってきました。それからは、大分読みやすくなったのです。相良城という城の名前も、その城が今の牧之原市にあったことも、私は何も知らずにいました。小説から、相良城が実に美しかったことがわかりました。その城が意次失脚からしばらくして取り壊しとなったことに、世の無常を感じます。

優秀作『三日のつもりが三カ月　しずおか、静岡』を書かれた横山八千代さんの心の明るさは、静岡の明るさにつながっていると思いました。山も海も明るい太陽がいっぱいの静岡にいつか住んでみたいと子どもの頃からあこがれていたことを、横山さんの文章を読みながら思い出しました。大病も大怪我も、青い海の向こうへと吹きとばしてしまう横山さんのヴァイタリーは、すばらしいと思います。

阿部千絵さんの佳作『兎たちの居た場所』は、最初にそのタイトルから想像していたようなふわりとした内容ではありませんでした。私には登場人物の少女たちが、とてもシニカルであるように思われました。学校の兎小屋のウサギたちは、時の流れと共に死んでいっても、大人になった彼女たちはあくまでクールに生きていきます。

青木繁喜さんの『太鼓リール』は、医者の彼が沼津駅からバスで数十分南の海辺にある祖母の家へ行くところから始まります。祖父がなくなったのです。なつかしい祖父と海の思い出は、小学四年生の時になくなった父の思い出に重なっていきます。さびしい少年に、沼津の海があってよかったと心から思えるのです。

掌篇部門

見事な最優秀賞作品

村松　友視

メッセージ部門を掌編部門と改名した甲斐のある今回の候補作品だったが、選考委員三人が揃って高評価を与えたのが、最優秀賞作品「海へ」だった。静岡市清水区三保にある海洋博物館の中で主人公がリュウグウノツカイという深海魚の標本の前に立つ場面から作品がスタート。〝リュウグウノツカイ〟〝標本〟〝昔のまま〟というキーワードがすでにそのあたりに仕組まれている。記憶の不確かさが浦島太郎と自分にかさねられる。結婚し離婚し休職したあと、日常と距離を置くためここをおとずれた主人公だが、来春この施設は閉館するという。水槽の中の魚と標本の対比も面白い。標本を〝時の流れへの抵抗〟と見立てるうち、空腹感で現実の時刻を確認し外へ出る。〝本物の海〟の底知れぬ怖さと美しさにめまいをおぼえる。パンと潮の匂いを飲み込み、体に海がしみ込んで、自分が大きなものの一部になってゆく感覚につつまれる。入道雲を見上げつつ、雨↓海↓雲↓雨という〝気の遠くなるような繰り返し〟という不変の輪廻を感じ、沖から近づく水上バスに亀と竜宮城のイメージをかさねるところで作品が広がりつつ閉じてゆく。冒頭と終りが軽やかな小説的結構を感じさせてもくれる、穏やかな想念と遊び心にみちた、見事な掌篇だった。

優秀賞「畳のある家」。主人公の〝おれ〟は、祖父が老人ホームへ移ったので、掃除のため母と娘をともなって、二十年ぶりに伊豆長岡の家をおとずれる。かつて親しんだその家の思い出に、今の自分を乱されたくない抵抗感と裏腹に、鮮烈によみがえりそうな感情を殺す主人公が、娘の無邪気な笑顔と感嘆の声に、ついに思い出の洪水に身をまかせ、祖父の墓参りを思い立つ。〝おれ〟の心のゆれうごく感情がよく描かれた作品だ。

優秀賞「ヤマモモの実が熟す頃」。遠州地方の初盆の行事「大念仏」と庭のヤマモモの木が見える部屋で寝たきりとなった祖母に思いをかさねる主人公の感情が瑞々しかった。

優秀賞「闇を照らすのは」。交通事故で父と母を同時に失った主人公の、突然始まった静岡の祖母の家での生活のなかで閉じがちな心が、祖母の揚げる桜エビのかき揚げに癒され力を与えられてゆく少女の心が強く伝わってきた。

優秀賞「尊之島エレジー」。父の仕事のため七歳から十二歳まで過ごした伊豆半島の田子を七十年ぶりに再訪した作者の中で、幼い頃の重苦しい不気味な感触だった尊之島が、別な貌でよみがえる…。成熟の深みが伝わってくる作品だ。

優秀賞「鬼射の的」。伊豆のある地域の伝統行事「鬼射」のとき、氏子の無病息災と五穀豊穣を願う、神社の境内にしつらえた的を射る射手に選ばれてとまどう主人公が〝銀河鉄道〟に見立てた電車で通り過ぎた、若い頃の自分に似た男性と目が合ったことで力を得て射手となるのだが、決意を与えられるきっかけとしてはいささか漠然としていて弱かった。

レベルアップめざましい受賞作の数々――諸田玲子

今回は全体のレベルが高かったと感じました。応募された皆さんが掌編というものをよく理解して、各々温めていたテーマに向かって迷いなく書かれているので、ストーリーに一貫性が生まれ、読者の心へストレートに伝わってきます。

最優秀賞の「海へ」はさりげないひとこまをさらりと描き、自然な描写と抑制のきいた文章がソフィストケイトされた作品を生み出しました。最後の一文も〈亀〉のひとことが〈竜宮城〉と呼応して、押しつけがましくないユーモアのセンスを感じました。

優秀賞は票が割れることもなく、高い支持を得た五作品が順当に選ばれました。

「闇を照らすのは」は、両親を喪った少女と祖母との新たな暮らしが感動的につづられています。桜エビのかき揚げのしゅわしゅわ、サクッサクッという音がなんとも切なく、ドラマの一場面を見るようにあざやかです。二作受賞なら最優秀に選びたい佳作でした。

「ヤマモモの実が熟す頃」は祖母の臨終を、大念仏という遠州地方独特の風習とからませて描くことで、普遍的な人の死にまで想いを至らせる見事な作品でした。

「畳のある家」は、二十年ぶりに古い実家を片づけにきた主人公が、子供時代の祖父の思い出と駆けまわる幼い娘の姿を交差させながら様々に想いをめぐらせるストーリー。臨場感のある丁寧な描写と心の動きが連動して読ませます。伊豆長岡でなくてもよい、という点が少々損をしたようで、家だけでなく郷里への思い、あるいは伊豆長岡である必然が少しでも描かれれば満場一致になったかもしれません。

「鬼射の的」は、鬼射という伝統行事に参加することで、主人公が移住した土地になじんでゆく話で、よくまとまり、主題も的確です。ただ、電車の窓から見えた青年に昔の自分を重ねるだけでは動機が少々弱く、とってつけたようにも感じます。〈地域〉とありますが、鬼射や銀河鉄道でわかると決めつけず、一カ所でも地名をきちんと入れて下さい。

「尊之島エレジー」は伊豆半島の田子の漁村で過ごした子供時代の思い出が生き生きと描かれています。母に同調して島を出たいと思いつつ、島への愛着をも自覚しながら、島へ別れを告げるラストが優れていました。途中の「70年後～」の段落は不要。時制の混乱を整理して、文章をさらに磨けば、秀作になると思います。

掌編は短編や長編よりむしろ技術が必要です。すべての基礎になるのは言うまでもありません。選にもれた方々も沢山書いて、再度、挑戦されるよう期待しています。

力作そろう中、脱力感がいい最優秀――中村 直美

応募作品を審査させていただくときは、日にちや順番を変えて目を通させてもらうのですが、最優秀賞の「海へ」は、回数を重ねる度に新たな魅力が沁みだしてくる作品でした。夏の終わり、暗くてひんやりとした三保の海洋博物館、その片隅に置かれたリュウグウノツカイの真っ白でぶよぶよの標本をのんびり眺めるところから物語は始まります。誰も後戻りできない時の流れに対する焦燥感を描きながら、係員さんとの会話や売店のパンがさりげなく、しかし巧みな筆力で〝浦島太郎〟に寄り添わせてくれました。

優秀賞「畳のある家」は、老人ホームに移った祖父の代わりに母と五歳の娘と伊豆長岡の実家の片付けをするという作品。「おれ」が避けてきたもの、それに気づくことの怯えがひしひしと共感できる作品でした。後悔が少し解き放たれるラストがいいですね。

優秀賞「ヤマモモの実が熟す頃」は、亡くなったばあちゃんとの思い出とともに、宵闇の中、ドードーンとだんだん近づく太鼓、ゴーンと地獄の門が開く鉦の音……。遠州地方、お盆の大念仏の夜が畏敬をもって描かれてゾクゾクしました。

優秀賞「闇を照らすのは」は、静岡自慢の駿河湾の桜エビを、発光を核に作品が構成されたところがキラリと光りました。祖母との二人暮らしが始まった書き出しはいささか重かったですが、練られた末のものですね。

優秀賞「尊之島エレジー」は、まさにエレジー。その昔、風待ち港だった西伊豆・田子の暮らしと守り神のような尊之島の存在が他所から来た子供心で描かれています。何でも見えてしまうGoogle Earthのせいかもしれませんが、もう少し思い出をそぎ落とせると作品がより活き活きしたと思います。

優秀賞「鬼射《おびしゃ》の的」は、他所から来て三十数年、主人公の宏の置かれた「今」が、地域の伝統行事・鬼射の射手を引き受けるに至る素直な作品でした。

伊豆文学賞のメッセージ部門が「掌篇部門」となって4回目、今回の入賞者はたまたま静岡県の方が多くを占める結果になりましたが、県外からの応募や20代、30代の方の応募も増えていて嬉しい限りです。

「伊豆文学フェスティバル」について

文学の文学の地として名高い伊豆・東部地域をはじめとして、多彩な地域文化を有する静岡県の特性を生かして、心豊かで文化の香り高いふじのくにづくりを推進するため、「伊豆文学賞」（平成９年度創設）や「伊豆文学塾」を開催し、「伊豆の踊子」や「しろばんば」に続く新しい文学作品や人材の発掘を目指すとともに、県民が文学に親しむ機会を提供しています。

第27回伊豆文学賞

応募規定

応募作品　伊豆をはじめとする静岡県内各地の自然、地名、行事、人物、歴史などを題材（テーマ）にした小説、随筆、紀行文と、伊豆をはじめとする静岡県内各地の自然、地名、行事、人物、歴史などを素材（パーツ）に取り入れた短編作品。ただし日本語で書いた自作未発表のものに限ります。

応募資格　不問

応募枚数　小説　400字詰原稿用紙30～80枚程度
随筆・紀行文　400字詰原稿用紙20～40枚程度
掌篇　400字詰原稿用紙5枚程度

賞

〈小説・随筆・紀行文部門〉
最優秀賞　1編　表彰状、賞金100万円
優秀賞　1編　表彰状、賞金20万円
佳作　2編　表彰状、賞金5万円
〈掌篇部門〉
最優秀賞　1編　表彰状、賞金5万円
優秀賞　5編　表彰状、賞金1万円

審査員

〈小説・随筆・紀行文部門〉　嵐山 光三郎　太田 治子
〈掌篇部門〉　村松 友視　諸田 玲子　中村 直美

主催

静岡県、静岡県教育委員会、
伊豆文学フェスティバル実行委員会

第27回伊豆文学賞の実施状況

募集期間　令和5年5月1日から10月1日まで(掌篇部門は9月17日)

応募総数　414編

部門別数　小説…………194編
随筆…………39編
紀行文……12編
掌篇…………169編

審査結果

〈小説・随筆・紀行文部門〉

賞	(種別)作品名	氏名	居住地
最優秀賞	(小説)破城の主人	寺田 勢司	大阪府
優秀賞	(随筆)三日のつもりが三か月 しずおか、静岡	横山 八千代	京都府
佳　作	(小説)兎たちの居た場所	阿部 千絵	愛知県
佳　作	(小説)太鼓リール	青木 繁喜	静岡県

〈掌篇部門〉

賞	作品名	氏名	居住地
最優秀賞	海へ	鈴木 みゆ	静岡県
優秀賞	畳のある家	T・S・デミ	静岡県
優秀賞	ヤマモモの実が熟す頃	阿部 英子	静岡県
優秀賞	闇を照らすのは	みなみつきひ	福岡県
優秀賞	尊之島エレジー	宮内 昭子	静岡県
優秀賞	鬼射の的	溪口 輝	静岡県

第二十七回「伊豆文学賞」優秀作品集

2024年3月10日　初版発行

伊豆文学フェスティバル実行委員会 編

発行者　長倉一正
発行所・発売　有限会社 長倉書店
〒410-2407 静岡県伊豆市柏久保552-4
mail:info@nagakurashoten.com

校正　子鹿社
装丁　bee'sknees-design
印刷　株式会社シナノパブリッシングプレス

Printed in Japan
ISBN：978-4-88850-031-9